虹 CrossOver

上海世纪文睿文化传播公司 出品

MASTERPIECE
大 师 作 品

明珠'著

世纪文景

世纪出版集团 上海人民出版社

身为一道彩虹　　■艾成歌

"虹"小说的概念，最早出现在我零八年的某次旅行的沿途风景。它原本定位于我主编的"花风"书系的旁支，主要以发现、策划、出版优秀的原创小说为内容主旨，是"有糖"提倡的"轻文艺"概念的一个重要组成部分。

我们以自然现象来为"花风"系列命名，比如已经出版的《橘月·初梦》（风）、《文月·青岚》（闪电），尚未出版的音乐特辑《时间雨》等，我们努力临摹自然之美，诚意带给读者些许自然之力。但由于种种原因，"花风"系列进展缓慢，也导致着"虹"小说的无限期滞后。

这像极了"虹"本身的特质，彩虹是苦等不来的，它总会不经意地出现。我们终于得到了机会，让"虹"小说从"花风"独立出来，跟广大读者见面。

那么。究竟什么是"虹"小说呢？它不应该像风（太过柔软又太过激烈），也不应该像闪电（跟着就是雷人！），更不应该像雨雪（连绵漫长，缺少变化，"跟风"而动。），"虹"小说，如同字眼本身的涵义，美丽乍现，短暂易逝，但只要你得以一见，见识过那种美丽，便再也不会忘记。

"虹"小说的概念雏形是：以数个不同风格的文艺作者的个人风格（魅力）、每本故事气质代表一种象征色，组成系列，故名　"虹"。以包容不同风格，易于阅读，故事性强为基准的文学书系。后来，我们又给它加了一个后缀——Corssover，至此，"虹"小说终于有了完整清晰的面目。

虹：光的现象，是由小水球经日光照射发生折射和反射作用而形成的彩色圆弧·由外圈到内圈呈红、橙、黄、绿、蓝、靛、紫七种颜色·出现在和太阳相对着的方向·

Crossover：跨界、跨越、超越、交叉和融合·让原本毫不相干甚至矛盾、对立的元素·擦出灵感火花和奇妙创意·

虹的每一种色彩都代表了小说的某种特点、气质、情绪，代表了每个作者最纯粹的颜色。

Crossover不仅是跨越在生活之上的彩虹，它更是连接作者与读者之间宛如彩虹的一座桥。

当魔幻、青春、言情、冒险、悬疑等数个类型包含在同一个故事之中，当电影、剧集、音乐录影带、流行歌曲通过文字呈现在同一个平面之下，当新潮思想前卫生活与经典故事永恒主题碰撞之际，小说再不能单纯地被类型化模式化，它将在新理念的作者笔下呈现出"进化"之势。

这就是"虹Corssover"　书系。身为一道彩虹，只想把最好看的小说，就这么不经意地带给你。

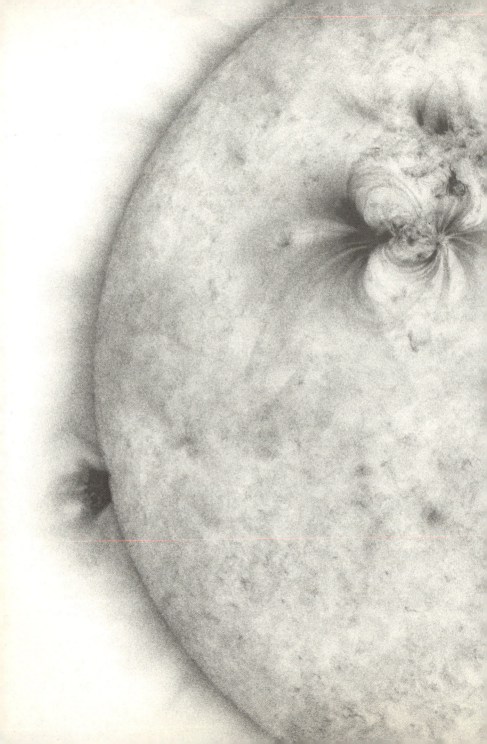

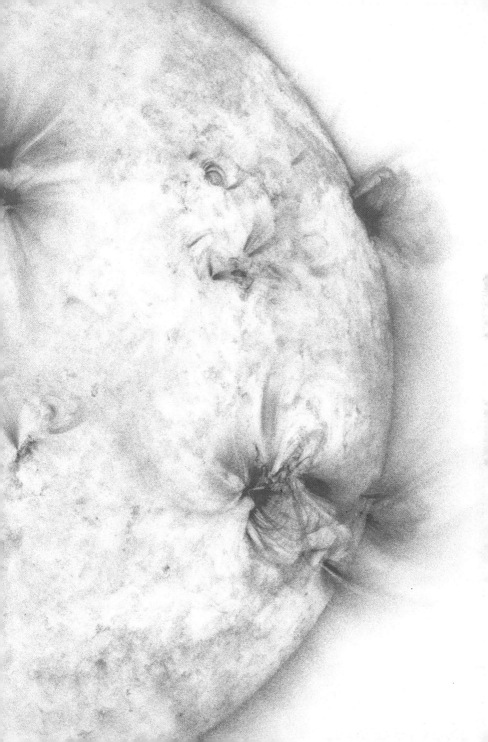

Contents

目录

第　一　章 011
第　二　章 065
第　三　章 105
第　四　章 181

大 师 的 实 验 作 品 Ⅰ 211
阿 道 夫 · 希 特 勒

大 师 的 实 验 作 品 Ⅱ 221
莱 昂 纳 多 · 达 · 芬 奇

大 师 的 实 验 作 品 Ⅲ 233
大 久 保 松 惠

大 师 的 文 字 游 戏 251
后　记 281

Chapter One

第　一　章

: 1

列车驶进月台，没有扬起半片尘埃，像一艘巨轮优雅泊岸，未惹起港湾上一朵水花。

极慢号列车驶进大师国首都。

至于为何将列车命名为"极慢号"，缘由不得而知。

天际中烟雾弥漫，可以想象得到的痕迹都不存在，似乎只要不小心发出声响就将被处决。

月台静得出奇。如同缺少尸体的午夜殡仪馆。可以想象得到的气氛阴森。

列车似棺木游动，乘着灵魂进入天堂与地狱的中转站。

人间。

我随其他客人走下车。每个人都黑衣紧裹，以墨镜遮面。

天空中扬扬飘起雪花，像上帝结霜的睫毛脱离了他的视线，纷纷舞落，曼舞在脑海中的冬天。（什么舞蹈不需要音乐？也不一定需要舞者吧？若舞蹈独立存在。如果你在四维世界中，你就无法想象舞蹈独立存在。）

身体因寒冷而颤抖，我将拉链拉至下颔，只露出可透气的范围，是为妥当的高度。风衣很保暖，但脚踝处仍不禁在瑟瑟发抖。

人流移动得无声无息。如此无声无息的新世界。

视线掠过列车尽头，铁轨延伸直至浓雾笼罩的远方。城市影像如同九月份傍晚时分的森林，成为空穹下的布景。

我的意识为全盘清空，至少我认为是暂时被清空。我的短暂历史升华为空虚白烟，虽然尚留哀伤气息，可其真实容貌已再难经辨。就像连续花费上几十个日夜废寝忘食地翻阅黄页电话簿，却不能清晰地记住其中任何一条号码。

（当身体变成数据。）

我跟随着秩序流动，秩序在跟随规律进化，规律伴随宇宙的生长而变化。

车厢中走下更多的人，我没回头看，却能清晰地感觉到黑色的人流在我身后源源不断涌出。

极慢号列车原来因其无声而得名，其无声犹如冬夜里迷路的龟在雪地上悄然前行。可真相却是：这辆连系着我现阶段意识和记忆源头的列车，速度快得惊人。至少在其行驶的过程中，风景在窗外一片模糊地反方向倒退，像是近距离观察正在播放的电影胶片，一场逆转时光的旅程。以至于让人不敢再想象两个目的地之间竟然存在着距离，似乎无论长短，都能在人下意识感悟到的时间内圆满完成任务。极慢号列车的信仰只是迅速前进，抵达终点，完成任务。

（你是一辆列车，别动歪脑子，你只能沿着轨道驶向目的地，难道你渴望与另一辆列车之间产生爱情么？）

前进、前进，前进。

有如铿锵的交响乐进行曲。

（指挥家忘我地在空气中挥舞指挥棒，如同画家灵感爆发，用画笔对着墙壁泄愤。）

列车是带着速度的迷幻物中最令我着迷的。

我搭乘着列车，犹如在寒冷而失重的月球上享受一场畅快淋漓的做爱。

（月球在召唤你，它的背面向你打开，听见了么？）

人流开始转弯，进入地道，脚步声啪嗒啪嗒逐渐响亮。

地下甬道极深，经过曲折而宽大的台阶，才抵达平整地面。下潜过程至少花费四分半钟。空间内回荡着音乐轻慢如缓流。我开始逐渐享受这行进如散文。进入地道，温度有些许回升。这里一片昏暗，灰白。

我的意识突然警觉起来，因为发现地道除了地面，任何支于地面的墙体均由镜子进行整版修饰。黑暗人流的倒影一层一层，令人眩目，又突然恶心。我们简直像一群被迫迁徙的巨大的拥有人类意识的蚂蚁在粘巴巴的土地里穿梭。

但我们仍以赤诚之心，依赖，信仰于秩序。

（一切行进都依赖于冥冥之中被制定的秩序。请在行进时，勿忘真理包裹着你的灵与肉。）

我挤在人流中，勿敢东张西望，亦不用担心误入歧途。

脚步声啪嗒啪嗒过分响亮。产生耳鸣还是我太过用神倾听。领头者已经开始带领我们走上阶梯。绵长的镜面在地道连接着阶梯处的转角消失。眩晕意味深藏。

接下来又是四分半钟的上升过程。集体的身躯上升，而非灵魂的集体升华。这样的盲目上升却令我觉得妙不可言，仿佛将一直这么走下去。而我知道终点始终会到达，我便沿着每一级台阶踏下结实的步伐。不妨让时间慢一点，再慢一点，让我享受身躯随秩序的指引，集体上升的过程。

一片雪花落在我的右脸颊上，犹如羽毛抚面。上帝的睫毛迅即被我的体温融化。

我重新看到了天光。耳蜗里充蚀着城市喧杂，音色平凡，跟随意在哪个城市的街道上能听到的声音都一样。意识逐渐恢复，寒冷再度袭来。

原来，我从站台走向城市的过程，即是我从耳盲走向听觉恢复的过程。而意识的巨大冰块迟迟不肯融化，真相仍如死灰，似乎不可再复燃。我需要重生，而我已经完成了第一步听觉的恢复。恢复即重生，因为我已没有什么可再失去。

（勿忘真理，我的孩子。虽然我知道，你容易心碎。）

孤身一人我伫立在地下通道的出口，黑暗的人流消失得无影无踪。四周车水马龙人流行色匆慌。摩天楼如巨大墓碑屏息在道路两侧。我凝神，闭上眼睛。雪势如初，缓慢而寒冷。我的心脏仍在跳动，生命还在，我只是需要重生。

（别总渴望着重生，你得先平静呼吸，适应气味。你得先学会自我保护。）

而我已经不知道接下来该如何行动。我该左转，右转，前进，还是回到那以镜面修饰的诡异地道呢。惟恐列车已经开走。列车就像时光，从来缺乏耐心。

（但列车也会晚点。）

一只鹿从我身后走来，滞足在我身边。

鹿美丽至极，那斑纹犹似什么形而上精神介质的轮廓，新生黑洞的轮廓。

鹿并不魁梧，微微仰头便能与我视线持平。

鹿未望我一眼。我愣在原地，余光跟随它的移动而移动。

鹿从右手边走向我的跟前，侧对着我。

雪落在它的犄角上，像是最精华的白质落在最美的树干上。

我屏息，看着眼前这只在薄雪中美得惊人的鹿。

城市的声音又突然被关闭，时光似乎停滞于我的凝视。我的凝视难道具有令时光停止流动的巨大魅力么？

一辆加长黑色轿车停在路边，车门打开，走下两个身着西装的男士，他们扛下一面长椭圆形高大镜子，足足高于身长。像要搬运道具开始布置舞会。

男子们将镜竖放在车门旁。镜子里正好倒影出我和鹿，此外别无他物。

一名男子冷静地抽出枪，对着我的太阳穴，扣下了扳机。枪声清晰动人。雪依然如诗一句一句优美地落下。

我朝前直直地倒下，倒在鹿的身上。

鹿驮着我，似乎没有背负任何重量，其步伐像是在跳圆舞。亦未做多余的动作，未打哈欠，未向四周张望，似乎连思考都没思考。

我们消失在镜中。

两名男子将镜子收回车内，警惕而事务性地朝四周望了望，关上门。

轿车掉头离去。城市的声音再次恢复。

欢迎光临。

:2

地上跪着两个人，发迹线漆黑如墨，未有一丝白色能够挑眼，看来都是年轻人。

（两条已经饱受凌虐的可怜虫。）

么龙君双手背在身后，弯下腰来，分别凑近他们的脸，吐了一口潮气，又直起腰。

两名男子的手被用麻绳反绑在身后，眼睛被蒙上，死合着双嘴不敢出声。衣裤和裸露的皮肤上净是斑斑血迹。

（我们并不提倡暴力，但我们使用的，是正确的暴力。）

么龙君的事务所里，很久没迎来如此执拗的客人。

（这两位贵宾的嘴巴是属保险柜的。）

"别出声，我给你们三分钟，静静反思一下自己的过错。"

称其为事务所，实则和普遍观念中的所谓事务所相距甚远。

这个巨大的，穹顶为圆形的空间有如一个梵蒂冈教堂般华丽。

这是大师国高级执法行官——么龙君的审问室。

有如此华丽审问室的绝非一般人，这点可想而知。

事务所有三百坪大小，墙面上每一个画作都是杰出艺术家亲笔着绘，没有一幅临摹伪作。

画中图案有森林间灯火盛宴，太空中华丽星云，惊悚黑洞中双子舞蹈，耶稣和一众裸身男神，十字架上缠着一条瞪着绿色眼睛的巨蛇（另一只眼睛被扎瞎喷出紫色血液），如此等等。

这些宗教性质很强的图案和宗教没有任何联系，在这个被大师统治的国家内，是不允许有任何传播着反大师思想的宗教团体存在的。

（叛党正蠢蠢欲动，在下一个血光乍泄的春天，就要破茧而出！）

地毯上是华丽阿拉伯风格图案。靠墙四周摆放着巨大青花瓷及修长陶器，文着仕女图，竹林七贤，玉皇大帝与观音佛祖亦有。一眼望去，室内并无原生态花草装饰，唯一一朵花便是么龙君左胸口别着的假装饰。一朵蓝色矢车菊。花秆犹如钢笔般硬朗。

最抢眼的，其实是那两个几乎高至穿顶的黑色立柜。在每一个横格上都放着奇瓶怪罐，内藏动物杀伤力极强，难得被开启，灰尘覆盖。可即使瓶罐里根本缺乏氧气，动物们在其中仍然活动着，生命力顽强，跃跃欲试，暴力沸腾。连在暗中看一眼都觉心中邪毛茸茸，一阵不适。

这些都是用来放进审犯嘴里的玩物。

（这样就能打开他们那首口如瓶的该死的嘴巴了。）

在某些横格上，有空余之地，悬吊着诡异灯泡，灯丝都被烧成了干瘪烟头样，可仍然吃力地发出光亮。

瓶罐有的是空的，光线照不进去。需要的新货都由约翰双胞胎到世界各地去搜寻。么龙君想，我真是选对人了，这两个人总能给我找来些稀奇玩意儿，让我玩得心花怒放，乐极忘形。想想过几天他们就要回来了，真期待这次他们还能带来些什么惊喜。

简言之，么龙君的事务所简直养眼奢华至极，真令人觉得是天国才得有的艺术博物馆。

忘了提，在事务所的弧形墙体上，间隔等距地挂着菱形状的镜子。

（镜是圣物。因为大师住在镜中。）

至于"是哪面镜子"这样的问题可千万别从口出蹦出，因为不存在"哪面镜子"这样的问题。镜子里是另一个全新世界，每一面镜子都可以成为入口。

（镜是圣物。这一点请务必牢记，这是大师国的基本信仰，打破镜子则是最禁忌的事情。）

镜是不可沾染的，这个国家由大师统治，大师是最高的思想领袖，是集权者。正如上帝，没有人见过大师的真容，人们在大师制定规矩的世界里遵守规矩，安分守己的生活。

政府由一个黑手党性质的秘密组织管理，大师自然是最高首领。

在这个国家，镜子随处可见。不存在不能见到镜子的死角，换言之，是不存在镜子照射不到的死角。因为大师需要时刻监督世人。但凡破坏了规矩，即会面临毁灭的荣耀。毁灭并非危险，毁灭是至高荣耀。生和死并非对立面，生和死是两种最高形式的荣耀。我们为了争取荣耀而光荣地活着。

那两个人再不敢出声了。

么龙军戴上崭新的白色手套，每将手套戴进一只手，便习惯性地拉扯了一下每根手指的尖端处，确认手套已舒适完好地戴上。他的紫色天鹅绒燕尾服令他充满贵族气质，眼神冷静而锋利，像一把从未沾过人血却已杀戮过千万军马的刀。

么龙君凑近其中一个男人的脸，男人面露惊恐的神色，像是一只张开了血盆大口的蜥蜴正与他面对面。

"对不起，他们把你虐疼了。"他拍拍男人的肩膀，男人一个哆嗦后便仰面跌倒在地。

"我真的什么都不知道！求求你放过我！要问就问他！问他！"男人惶恐地将头指向另一只无知无助的可怜虫。

么龙君未撇过头，只用余光扫了那可怜虫一眼，他从立柜上取下一个盒子。男人看到盒子上的图案就惊惧到泻出泪来。在男人撕心裂肺地哭喊和哀求声交织的空气里，么龙君闭上眼睛吞了一口生沫，便将盒子里的东西一股脑儿全倒进了男人的嘴巴里。随即用膝盖顶住男人的下巴，用手肘摁住男人的头颅。

图钉！

说罢，他松开了人体枷锁，嘴巴被倒入图钉的男人的脸上开始喷血，血管似乎被堵住了，表情狰狞让人心紧。无数个针眼像一声声过分的嘲笑。么龙君用擦得锃亮的尖头皮鞋狠狠朝男人的肚子踹过去。男人一声痛苦地呜咽后便窒息而去。

么龙君转过头看着另一个惊魂未定正在用脚将自己的身子吃力向后蹭的男人，温柔地说："我给你准备了更好的礼物。"

男人知道不妙，他仍然使着无尽的力量缩着身子想要向后退。（无能。）此刻的反抗已经没有用了。他看到自己的伙伴这般血淋淋地倒下，心里其实充满怨恨。

（我不是叛党！我是被冤枉的！）

无力的呐喊即将倒在冰冷的血液中。

男人的懦弱彻底惹怒了么龙君。他取下一个蓝色玻璃罐，"既然你想惹麻烦，那么我也只能留点情面地给你个好东西尝尝。"

么龙军用镊子钳出一块巧克力大小的橄榄色硬壳，男人不解，瞪大了布满血丝的疲惫双眼。

（其实我很愿意看到他吃下这玩意儿的样子。这是双胞胎从平民的厕所里找到的惊喜。）

么龙君一边嘴角翘起，不发出声音地冷笑。

蟑螂卵壳！

么龙君将硬壳丢入男人嘴中，以同样的姿势锁紧了男人的头使他不得张嘴。

男人的面部迅即扭曲起来，像弹错了音符的爆裂交响曲。血管纵横爆起，要喷射出来般。他的四肢麻痹地抽动起来。

么龙君死死地摁紧他的头，想象着，那深橄榄色的长方形硬壳，像打开梳妆盒似的从一边裂缝张开，一只只细长的乳白色虫体痛苦地相拥着从中挤出来，似花蕊喷涌而出。随后它们伸出银色触角，身躯似老灯泡般呈现半浑浊银白，二十几只小蟑螂幼崽在男人嘴中孵化了出来，四处乱窜。窜在牙缝中，舌头下，到肠胃中。狂乱行进，无需依循规矩，像着急的小孩忍受着寒冷在巨大迷宫里横冲直撞，充满恶趣味。

阴风阵阵，寒风凛冽，雪更肆虐。

么龙君松开架势，看着倒下的两具尸体，内心不起一点波澜。

（又得清理地毯了。）

他知道这两个人是无罪的。而这正是他的乐趣所在。他在年轻时饱受家庭生活的摧残，暴力的种子便在内心萌芽，时至今日，变成了开张着血盆大口的老树，根系盘缠在意识的淤泥中，一片烂肉模糊血光四溢的景象。那是获得快感的形式，便是通过暴力以及想象中的淋漓尽致。

人获得快感需要多长时间？总是先有了精神的灵感，才联系到身体，有渴望快感的思想。精神强奸只会造成无谓摧残，这是由内而外地攻陷，身体根本算不上一回事。不会有新的情绪细胞，也就没有灵感般乍现的快感。

随后响起了急促的敲门声。

:3

七叔来了。

么龙君拍拍手，开门，迎面站着一位穿着笔挺西装的男士。他侧着身子，腾出空距令男士进到厅内，又伸出两根手指召唤来几位部下，意在收拾走厅内的两具尸体。部下的动作很利索，处理得不留痕迹，实在令人满意。

"还是一股血腥味啊。"七叔坐在沙发上，长舒一口气。么龙君拿出万宝路，递给七叔，点上，随后也给自己燃上了一支。

七叔得此名并非因为是么龙君父辈一代排行第七的长者，这名字是七叔自己取的，他不喜欢别人叫唤他的真名，那令他心痒和感觉不爽快。而么龙君对他的这般敬重是因为七叔是他的恩人，慧眼识才杰，他发觉了么龙君骨子里隐藏的暴力因子和优雅气质，觉得这个从小生长在家庭生活阴影之下的少年最终终将能成为大师的得力部下，因此一步步带领他从最初的学徒升至这般的高等官职。这一切都有赖于七叔的提拔。

他们的年纪相差也不出二十来岁，可其平易近人，与么龙君是称兄道弟不喜欢讲阶级之间的规矩的。但么龙君心里一直存在感激以及还未来得及报答的人情，一直为彼此间留着适当的距离，他知道怎样算妥当，怎样就会超过界限。这界限是微妙的,如发丝的直径般渺小。

么龙君吐出一口烟雾,说道:"七叔来得真是不早也不迟。"

七叔在么龙君身边凑紧了坐下,用气声神秘兮兮地说:"时辰到了。"

么龙君疑问地"嗯"了一声,他望着七叔额头上出现的皱纹,纹路的曲线像是被精细地修改过,好看极了。

"大师要创造接班人了。十年一届不是么?"说罢,直起了身子,靠在沙发上,呼出一口气,"说回来,最近,叛党也还真是猖狂啊。他们已经蠢蠢欲动起来了,虽然没有实际性的行动,但是一旦爆发,恐怕是不好收拾啊。"又轻描淡写地加上一句,"那帮不知天高地厚的家伙。"

么龙君说:"昨天有两个人通过国会大厦的安检时被检查出身上携带着自杀性爆炸装置,刚给我审完来着。"

"结果他们什么都没说吧。"

"啊,是这样的,怎么样也不肯说。部下先凌虐了他们的肉体,他们可真是执拗得很啊,比牛还倔强。后来不得不送他们吃的东西了。"

"总是死人,不留活路。"

"可不是没有办法嘛。"

"丢图钉也太狠了。"

"你怎么知道的?"么龙君一脸诧异。

"刚才拖出去那人的嘴唇还露出了一截钉身,脸颊上也都是些血孔,吱吱往外冒血,想必只有图钉这类东西能造成如此的伤害了。"

么龙君不得不表示佩服七叔的观察力,"得得,好眼力!"

"不过说来,今天是有正事要找你谈,才特地来的。"

　　么龙君恭敬地看着他，侧耳倾听。

　　事务所内迅速暗了下来，墙壁上的挂烛呼的一声全部燃起，充满了哥特城堡的气氛。在这些摇曳光束的照耀下，墙体上的壁画则透露出一番更充满恐怖意味的气氛来。一声闷雷从云层后滚过。

　　"阿姆斯特朗博士弟弟的死因查出来了，你不是一直关心着这个事儿么，我这来特地告诉你。"七叔用手摩擦了下鼻翼，一股烟从鼻子里优雅地随着气流被带出来，么龙君出神地听着，"都是因为他在玩窒息自慰。"

　　"窒息自慰？"

　　"这种东西说起来很尴尬。"

　　"是这样。"

　　"对。根据医生的毒药报告显示，他死前并没有吸毒、饮酒或者服用违禁药品，生活正正常常，烟也很少吸，若不是接待场面配合上级绝不会碰烟草。这般生活规矩的老实人怎么会突然间死了呢。他的死相令人奇疑。他倒在地毯上，地毯干干净净，而他全身赤裸，唯独穿着一条紧身内裤，阳物紧裹于内裤显得格外性感。他用很厚的保鲜袋套住头并用鳄鱼皮的皮带勒进了脖子，并封住口，隔绝了空气。这不是活生生的在玩窒息自慰嘛，那快感真是不言而喻啊。后来鉴定出地毯和墙上都有残留的大量精液，看来不止一次达到快感的顶峰咯。"说罢，吸了一口烟，"唉，这不都是因为寂寞。当然啦，不涉及谋杀，也就不用劳心侦探组去大费周章地查找线索排查凶手了。这样死得不明不白，他本人可能挺郁闷。你看，外表上老老实实，背景还如此厉害的一个人，就这么寂寞而汹涌地结束了自己的生命。他有那样的恶趣味，以前在工作上进行交往的时候，真是一点都看不出来啊。"

么龙君想到一点，奇妙转换了话题，"说到博士，他最近如何了？"

七叔有如消息灵通的畅销时事报刊的主编，两眼一亮，说："仍在研究反物质啊。听说取得了很大的进展，接下来要上到月球的秘密基地去做实验。能见到大师的人，果然不同凡响。"

"难道要开战么？"么龙君说，"怎么研究起军事领域的东西了？"

"哪用开战啊！如今世界和平，一切都在大师的掌控之中，人们安居乐业，无需考虑国家间的竞争和勾心斗角。但是令人不能完全安心的就是那群不知真面目也从来没有行动过的叛党了。"

"要去月球？"么龙君问。

"消息是这么说的，至于是真是假我也无从判断。不过说回来，他去不去月球对我们来说影响也不大不是？"七叔用食指敲了下烟头，烟蒂脱落在烟灰缸里。烟灰缸里的图案，是一匹狼。

他们沉默，任凭时间流淌。两人静静抽着烟，七叔看着装潢得美轮美奂的事务所，内心仍在啧啧的感叹。他觉得在秩序中生活的他们，就如同一只只被圈养的动物，每个人的心里都充满了不同的理想，对同类保持异样的眼光，看不惯，妒嫉，喜欢数落瞧不起的人。无论是哪种社会，一旦意识无法被完全统治，就有可能出现异端分枝。这是社会发展的必然性，凡事都拥有对立面，若无对立面，过去和未来就无从谈起。

叛党的滋生是必然的，是大师也无法阻止的，不过从叛党存在至今，组织一直未采取实际行动，连目标都明确不下来。使人一头雾水，如堕万丈深渊迟迟落不到底。但其力量是在不断壮大，这点在人们心中是尤为深知的。七叔断定了，终究有一日，叛党将采取实际行动进行逆反革命；也终究有一日，大师将面临危机。而这些想法是否正确，他已经管不着了。

一弹指有千万亿念诞生，让其如云烟飘散，不管即可。无心与无念，是脱俗者可就，超凡士可成。庸人常自扰，莫名自忧，连一念都不懂归心而析，再求二法。谁又知心法鬼斧神工，自懂雕琢，成就恶又成向善之形，抓不着摸不透。但求能心法归空，难不难？

其实俗人们压就根不懂超度之法。

七叔的过去他不想再记起，遁入思考的云雾，越想越乱。

他赶紧打破了宁静，"这样吧，先告别了。就是想和你说一下阿姆斯特朗博士弟弟的死因，觉得得亲口和你讲述才能让我心满意足。以后哪日去喝酒我们再畅聊。门外还有一群人等着你伺候呢。"

七叔将赶列车，匆匆走了。

两人事务性的道别后，么龙君关上了大门。他才得以一个人清净。

又一声雷滚过了天际，看来老天又怒发冲冠了，如此沉闷而寒冷的冬天还能听到雷声，难道预示了春天要来了么？是声唤醒大地的春雷？不不，一声雷而已，切勿总幻想成春雷。

么龙君的脑后跟蹿上一股凉意，若有若无地挑逗着他，他用手掌往后背一拍，一阵痛感传至太阳穴。

（其实什么也没有，是我太过于敏感了。）

他想起在十五岁时，喜欢上的一个女生。可她却对异性不产生半点好感。

　　他明知，她不可能喜欢你，甚至连半点这关系上的好感都不会产生，好比试图在极地的正中央种花草。

　　可是他仍然表白了。

　　他说："你和别的女孩子不同，我喜欢你。"

　　她表现得异常镇定，因为两人是无话不谈的挚友，这种场景的上演其实早有料到。

　　她打了一个比方对么龙君说："我们的关系简言之，便是友达之上，爱情未满。就像在一个电梯里。这个电梯，只能到达顶层或底层。如果两个人同时摁亮了通向顶层的按钮，那么电梯将带着两个人抵达爱情的圣境，彼此心甘情愿，同甘共苦，幸福生活。但是，如果两个人的选择不同，那么电梯只会平稳地将两人送回底层，平稳得如同果冻滑进肠胃。电梯绝不会爆炸，两人安然无恙地继续维持原来彼此为亲密朋友的关系。即使最亲的朋友间也明白那情谊其实是爱情，但是不能双方都承认这样的情感已经超过了伦理的警戒线，所以一直在炸弹的导火索被点燃之前维持着火光四溅精彩纷呈的生活状态。现在，你摁亮了通向顶层的按钮，而我选择我们下降，所以，你知道，我的答案了吧？"

　　"难道，一点挽留的余地都没么？"

　　对不起。"没有，就像玫瑰花瓣被马车碾过般无法抵抗。"

　　你太狂妄会被天敬礼后然后洗礼。

　　他深知自己生活的方向在哪里。

:4

好像有一团暴风被囚禁在密室里，我听到它温柔的心碎声。

又好像我是太虚国，当一个少年走进我的生命，我便焕然一新成了当朝盛世。

当然，这些都是虚妄。我麻木的知觉在逐渐苏醒。

我躺在一片沙漠上，醒来时，因为风沙吹进了我的嘴巴，被迫咳嗽了几声。揉搓眼睛，才感觉到一阵寒意。天色微亮，身旁一片荒芜凄清。惟独茫茫大漠，像是将我无情地丢置在考验之地，要考验我什么呢？

恐怕什么也不是，我便是被模模糊糊地遗弃在了这里。

我衣着单薄，衬衫，牛仔裤，布鞋。

步履维艰地行走着。

我觉得口渴，像要脱水一样感觉疲惫。

爬上一个沙丘，太阳的光渐渐澄亮起来，悬在当空炙烤着本来已经被榨干了水分的荒漠。可我并未感觉到绝望，我漫无目的，原来的记忆被全盘清空，我是一个被什么人遗弃在荒漠，没有历史的独孤者。

我犹记得当我走下极慢号列车，跟随大部队行走，一片黑糊糊的人潮，油腻不堪。

一切行进依赖于冥冥中被制定的秩序。

（这是谁讲的鬼话。可我竟有心领神会之感。）

　　一只美得我无法诉诸加以用文字来描述的鹿。我被枪击后倒在它身上。它驮着我，显得毫不费力，优雅依旧，我们进入镜中。难道，难道我就这么被那只鹿抛弃了么。

　　我到达沙丘的顶端。

　　那是一棵高耸而美丽的树木，树荫下是一片湖水，湖水清澄如镜，在阳光下波光粼粼，像一片片晶亮的贝壳在跃动。

　　我赶紧冲过去，一头栽进水中，清凉的快感漫布全身。我大口大口地饮水，像饥渴的夸父。

　　一只蝴蝶落在我的肩头，它轻轻地煽动着翅膀带来微微颤动的气流，甚是舒服。我转过头，看着这只蝴蝶，它是紫色，一只成熟蝴蝶。我联想到它成功地从丑陋蠕动的毛虫化茧后重生，重生的喜悦，成日抱怨的人感受不到的重生的喜悦，经历过被虐待和凌视后的重生的喜悦。美丽的蝴蝶凌空飞驰，它翩翩舞动环绕着我的美丽双翅，可惜的是，蝴蝶无法唱歌。

　　我已经没有饥渴之感，阳光都变得温和，我出神地欣赏着蝴蝶起舞。

　　（你不知道你的眼睛爬满了可怕的血丝，犹如一只正在变异的红色爪子狠狠抓住了你的眼睛！）

　　霎那间，天色骤变，一团黑色风云汹涌而来，将大地遮得一片阴暗。

　　电闪雷鸣。

　　一粒火苗从蝴蝶的翅图中迸跳出来，黑色的火焰浑然从翅根处开始燃烧,它的翅膀变成纷纷灰烬。而这些灰烬并未消失在含着沙粒的风中。它们在随风飘散之际又幻化成新的蝴蝶! 燃烧! 接二连三这般。变成灰烬,幻化新生。无尽循环。

狂风带着暴雨急降,一片哗然的雨声似海啸冲进耳膜。

（那只可怕的爪子让你看到了生命的残酷性! 最残酷的正是最美丽的! 你并没有绝望,请放心,你无法享受绝望的权利,你只需要欣赏。）

不出几秒,铺天盖地的蝴蝶就像庄稼地里的蝗虫似战机般猛头冲撞。

蝴蝶变成了恐怖的利剑,用最美丽的利锋刺杀着我们的眼睛。我便在这一群可怕的蝴蝶中,几欲要丧失理智,一声呐喊在冲口而出之际,更令人惊悚的感觉从我的后颈处传遍全身。

我站定,纹丝不动。风似乎静止,蝴蝶消失得干干净净。

我用余光瞟着左下方,从湖的倒影中,一个人用枪指着我的后脑勺。

你只需要欣赏: 生命的奇观,暴力与仁慈。你不用猜测,你是否会死亡。

:5

一串奇怪突兀的笑声。

枪被拿下，后颈的凉意消失，我慢慢转过头，看到捂着肚子笑的……和我长得一样的少年？

突发之际，他抢过我的右手，把它塞进我的手中，我的拇指贴着扳机，枪口便瞬间对着我的太阳穴。

他朝后退了几步，皱起眉毛，像一个雕塑家在研究自己的一件未完成的作品似，以充满调研意味的目光，看着我。

"你难道不觉得，举枪自杀是人类最优雅的动作么。"

又一个猝不及防的瞬间，他把枪收了回去，姿势熟练地插入腰间的皮袋，扣上扣子，如同被通缉的传奇牛仔杀手。

见我目瞪口呆，他伸出手，语调极其友好地说："你好你好，叫我怪兽吧。我能变成任何人的样子。唯独没有我自己原来的样子。至于我原来是什么样子，我也不得而知。现在，你是我的朋友啦。"末了，还添上一句，"如果你能找到答案，告诉我我原来是什么样子，真是感激不尽。"

他笑得亲和傻相，显得非常可爱。

原来我笑起来是如此傻相。

我们便在那潭不大的清澈湖水旁静默地对立着。

他接着说："明珠君，现在想必你是一头雾水吧。"我点点头，他继续说，"所以，你需要导师啊。就是我啊。"他两手叉腰，像是表演完一场大型魔术后立定的收场姿势，气势十足，骄傲无比。

（什么结束了？）

他的语气转换得极快，表情也凝滞了回来，说道："你身处的地方，是大师的国度，这里是至高无上的境地。这里是十维世界（即使你看起来是四维的），比最高维度的宇宙世界还差一个档次，当然，不高攀那样的极限境地是一笔妙处，达到巅峰总得让人失去目标和动力不成。这些你尚且不理解可以体为原谅，但，你是'大师作品'，大师创造了你，希望你继承他的事业。但是在这个过程中，你需要提升。"

我皱起眉头，疑惑地看着他。

我逆光站着，倒不显得刺眼。怪兽的脸上，则是亮光熠熠。

（提升？在这荒芜的沙漠中让我提升何物？）

"即是修炼。当然这个过程极为痛苦，但如果痛苦是至始至终都存在的，你则感觉不到它。它就成为你的天性。总之，你将在这里完成你的任务。而我是你的导师。"说完，他微笑地看着我。

我一动未动，没有目标，无法动弹。

我仍然如坠于五里云雾，堕于三千瀑布。

他拉过我一只手，激动地说："刚才那是开场白，我对很多人说过，总之现在你明白你的任务的么？"

"在这个十维世界，完成我的提升，接任大师的事业。"

"对。"

"我是，大师作品。"

“真聪明！”

034

他拉着我走向水边，通过光的反射我看到两个一模一样的人手拉着手，他笑容满面，我愁容满相，“做好准备了么？我们要跳下去。回到森林里。”

（简直胡闹，水池下怎么会有森林？）

（别忘了，我的孩子，这里是十维世界，这里的空间结构超乎你的想象。）

（可我失去了理智。）

（别慌，失去了理智但没有失去想象，我们的想象力才是思维的领袖。我们的想象能走多远，我们的世界就有多大。无需带着爱的精神，也不用科学的判定。）

“用倒数么？”对他来说这简直是易如反掌，轻车熟路，而我还没有做好准备，我惊惶地盯着我们俩跟着水波微微颤动的倒影。

“这么说，就是不用倒数了。”

扑通一声，我们栽入水中。

在水中，我自然地张开眼睛，光线射入水中，就像银色的魂魄在畅泳，亦如绝美的丝带。水波荡漾中，奇异的光线交织纵横，宛如一件天然的艺术品。

怪兽依旧拉着我的手，他的两脚如同鱼鳍在施力。笨拙的我则被他拖着走，他毫不费力，也不忘不时回头看看我。

“不要紧的，一下就到了。尝试一下呼吸，水不会进到你的胃里的。”

说话时，气泡从他的嘴巴里冒出，咕咕，咕咕。想必是看着我将嘴巴嘟得圆圆的，使劲憋气的模样，他笑得不可开支。真是的，这不是在欺负新人嘛。

一个声音对我说：水至柔则无敌，人无争便万静。

这声音随水波荡漾，差点令我陷入冥思。

一个拉力将我狠狠地向上扯，水的压力从我头顶压过来，我更加紧张地闭上双眼。只听哗啦一声，我们冲出了水面。

没想到我们竟从一个浴缸里钻出来。

"来，爬出来吧。"他钻出浴缸。

（大师是？）

我们全身都湿透了。

"真够奇妙的。"我一边气喘吁吁地说。

这是一间不大的浴室，木制墙体，俨然不用一颗钉子就能搭建起来的玄妙古代建筑，充满古朴与自然的气息。

墙上挂着两条巨大的浴巾，怪兽扯下其中一条裹在身上，他伸出手将我拉出来，给我披上另一条。他带着我走到客厅，壁橱里已经燃起篝火。

我们蹲坐在篝火旁，窗外一片漆黑，细碎的虫鸣声不时传来，音色千奇百怪，其中夹杂着凄怨尖利的一声不知是什么动物的嚎叫。在温暖的篝火旁，怪兽显得很疲倦，他两只手九十度翻开，放在火旁，获取温暖。

"今天累了？"他的声音变得微弱，十分温柔。

"稀里糊涂的。"

"想必都是这样，每十年我都会接待一个像你一样的少年。"

"每十年？"

（十年三千六百五十天。）

"对，十年换一任大师。这些到后来再向你解释。"说罢，他站起来，到沙发上躺下，长舒一口气，"今天累了，先睡吧。明天我们走进森林，先去探望一下阿姆斯特朗博士，他就要去月球做实验了，不抢先机会见上一面怎么行？然后，我会带你去见你的导师。"

"你不就是我的导师么？"

"哈哈，对不起，我开玩笑的。其实我是你的导游，这和导师的性质相差千万里远啊。导游是地理层面的，导师是精神层面的，他可比我的能力强上千万倍。啊，不过说到这里，可要提醒你了。他是个路痴，你在向他学习时，可千万别跟着他乱走，否则你们会迷路的。"

我刚想接着他的话继续往下说，只闻听到他的呼噜一声又一声地漂浮在房间上空，我便将疑问吞了回去。

我看到怪兽的嘴巴里飞出一只紫色的蝴蝶。蝴蝶萦绕着怪兽横躺的身子，飞翔了几圈。怪兽咳嗽了几声。蝴蝶穿过窗子，飞进了森林中。

我向壁橱里丢进几根干枯的木材，火焰中不时调皮地跳出几星火花，我看火花渐渐入迷。随后，睡意也向我打了声照面，我便沉沉地昏睡过去。说不定，我会梦到大师。

（别担心，我的孩子，你会见到我的，终有一日。而且，你会比我更伟大。）

今夜的森林上空，一轮皎洁的皓月熠熠生辉。古老传说中居住在月球上的仙女已经远走他乡。

晚安。

:6

一只奇丑无比的白鹅蜷缩在栏栅一角,它张开忧郁的眼睛,望着眼前一群同类。

嫉妒和惶恐。

它丑,则不说,身体病恹恹,瘦弱,随时有被农场主丢弃的危险。

它的生活,便是痛苦地等待日升日落,笼罩在一片缺乏安全感的阴云之下。

最重要的是它感受到深深绝望,像一把锋利的刀子悬在它生命的心绳上。

咔嚓,咔嚓,咔嚓。瑟瑟作响。

它感受到它和没有卫星的水星一般孤独。最接近太阳,一面炙热到极点,一面寒冷到极点。冷热交织,简直生不如死。

容忍着其他鹅的偏见,内心力量是有多么强大才能维持生存到此时此刻。

它有时做梦,梦到自己是人,是一个文质彬彬的作家。整天沉浸在成名的浮光掠影中,而年年岁岁混混沌沌过去,却一篇完整的作品都没有完成，哪怕一首两行的诗也没有。那些虚无的美好生活就像水泡不断地被现实的利器所戳破，爆裂声狠狠扎伤了他的心灵。

失落的作家时常在脑海中伤春悲秋。他害怕花蕊突然变成黑洞，他害怕青草叶突然被暴风卷裂。这种害怕的感觉，并不是被阴森森的感觉笼罩着，而仿佛是站在台风眼观看美丽的风景。

他下笔就变得迟钝。

作家在浴室中洗澡，他感受冒着热气的水从他身体上滑过的感觉。

他默念道，我们似水，出生即清得要命，而受污染洗礼是时刻遭受的迫害。苦过后又能有多清？懂得真理后又如何能清到最初？得得，我明白了。不断清理污渍以求完美升华与净化再生的过程，我们的人生。

突然，意识被骤然拉回。

停水了。

白鹅一直寻找着机会，想要突破重围，到达外面的世界，但求自己能通过浪漫的方式结束生命。而非死在沸腾的锅里抑或是在屠夫的刀下被粉碎四肢。来自外界的暴行是它所畏惧与不能容忍。稀里哗啦，它内心隐藏着巨大的力量，越狱的动力。一旦看到防御漏洞的出现，便以黑马的速度（冲破宇宙第一速度）逃出去，逃出束缚天性扼杀灵感的囚笼，到达广阔的新天地。

而它明明知道生命的无奈，命运的不可选择性。它的自卑情绪和消极情绪日益渐长，结成了可怕的果实，瓜熟蒂落，狠狠砸烂了它的心理防线。

这是新的一天，它睁开眼睛，等待那穿着土黄色水鞋的愚蠢农夫打开鹅舍的木门，赶鹅到放养区。一片寂静中和微暗中，它听到那群它瞧不起的同类的喊声。

（你们这群拥有白色羽毛自以为高贵的蠢货和隔壁那群成日只会发出嘎嘎的噪音的鸭子没什么两样。若我是人，准把你们一只一只活生生地丢进绞肉机里，我会享受听你们撕裂的求救声，我会享受你们的血榨出高高的喷泉染红我的白色围裙，我会享受看你们一个个都死在我的眼皮底下。）

透过缝隙看出去，世界已经亮起来，像旧灯泡需要开启一段时间后才能达到正常的亮度。

它听到了希望的声音。农夫腰间钥匙的摩擦声。它兴奋起来，站直了身子，顶住门口，目光炯炯，待转即发，破竹之势。

农夫打着哈欠，将钥匙插进老锁，扭了一下，发现插错了钥匙。

（该死。）

门打开了，一片强光乍泄，像洪水决堤倾入黑暗幽闭的鹅舍。那群同类哗的一声全醒了。鹅的叫声彼此起伏（真刺耳！真刺耳！），一片慌乱中，它被突然踩倒，一只鹅跨过它病弱的身子从它头顶跳了过去（居高临下自以为是的鹅！）紧接着是一群鹅一拥而出，亦如洪水一般。待到所有被惊醒的鹅被赶了出去，它才慢慢支起身子，喘了一口粗气，硬起身板，一瘸一瘸地走到阳光下。

（有时以为哭就能……）

（不行！怎么能如此这般脆弱呢！我得看准了时机逃跑！我看到了新世界的苗头，新世界在等着我！）

忽而灵光闪现，它看到了机会。

栅栏一个不起眼的角落被打开了一个洞，木板似乎受昨晚暴雨的袭击而脱落，大小正好能容它穿过。它欣喜若狂。

（这些年月的屈辱终于到尽头了！就要说再见了！你们这帮无可救药的，不知道命数尽头是要去送死的鹅！）

它的外表故作镇定，它若无其事地向新世界的入口踱去，显得平平常常。其实内心有鬼，再怎么平常也无法像往日那般平常。连人都如此。

这只白鹅看着农夫向其他家禽的舍室走去，它在行动过程中都尽量避免农夫的视线。

它每移动一步，心都勒得紧紧的。似乎没有引起它鹅的注意。

惊心动魄。

它最终成功了。

白鹅忽然神气活现起来。

它仍然记得昨晚的梦。它变成了一位怀才不遇而生活失意的作家。而作家的生活似乎出现了转机。命运之神终于看到了他的才华，要带他进入新的世界，要给予他荣华富贵，给予他崭新的人生。

他的书被一家不起眼的出版社出版后引起了不小的反响，随后一个有一定影响力的文学鉴赏家看到了他的作品，便给予大力支持。最终，他获得了前所未有的成功。小说口碑飘红，销量猛涨，印数爆增。这不就是他日思夜想的美丽生活么。他沉浸在其中无法自拔，直至意外无可避免地发生。

一辆装载着将近一吨钢筋水泥的加长货车无情地碾过他的脑袋。

这是命运之神为他准备的结局，无法改变的悲剧。

（命数尽头是……）

白鹅这才惊醒。

它不停地向外跑，穿过一条小溪，它领略到大自然的美妙风光，呼吸到了它从未曾呼吸过的新鲜空气。没有工业污染，没有毒气侵害，更没有污言秽语以及轻蔑的眼神在空气中十面埋伏。

它停在原地，静静聆听，聆听来自命运之神的呼喊，聆听来自宇宙深处的歌声，体悟生命的奥妙。

而这些都是无声。

犹如将耳朵贴在密室外的墙壁上，而密室内悬挂着一阵暴风。

忽然，沉重的汽笛声划破空气由远至近而来，同时带来不祥的预感。

那声音极其快速地扩大，那是它无法理解的声音，是人类工业化产物发出的难听嚎叫。

白鹅迅速睁开眼睛，迎面而来一辆急速行驶的火车。

（来不及了。）

它正站在铁轨的正中央。

:7

　　极慢号列车在铁轨上疾驰，一只不自量的鸟偶尔超越了火车头的速度，可就在接下来，它偏撞到隧道口上的山体，轰然坠落，光荣赴死。

　　"我前任，她，昨天凌晨打电话来同我说爱情的非现实性。"头等厢里，七叔的对面坐着一位头发斑白的老人。窗外的风景有条有理地倒退，无非是千篇一律的郊外景象，雪在慢慢地下，极其温柔。倒不见雪花贴在窗上。

　　现实与非现实之间是没有不可逾越的鸿沟的。

　　七叔点起一根烟，对面的老人将脸凑过来，两个人的烟头对准，老人深吸一口气，动作熟练地吸燃了自己的烟，随即呼出一口灰色烟雾。

　　（这老头就是有这样的习惯，从不带点火设备，就通过别人的烟头来点烟，真是充满俏皮。）

　　"她嫁给了一个拥有很多国籍的女人。那女人之所以有很多国籍，是因为她是在飞机上出生的。在破胎生产的过程中，飞机穿越了几个小国的领空，在那些国土上空出生的婴儿就有权利在户口本里写上那些国家的名字。而且，我倒不是歧视。无论性别，两个人但凡是真心相爱就应该获得旁人的理解。而这也无关什么旁人的事，爱情是极其自私化和感觉化的。"

七叔说："这般,您岂不成了受害者?"

"每个人都是受害者,"老人说,"而每个人又在不自觉地伤害别人,世界不是公平的,但世界是平衡的。我们是只能看到我们自身的伤痕,而不能清晰的明白,我们也是凶手,无恶不赦。"

七叔点点头,身子靠向舒适的沙发座椅,他看着窗外飘飞的雪,心里不免生起一丝凄凉。他犹记得么龙君曾经关于电梯的比喻。长长烟蒂不肯跌落。

老人的声音充满厚度,"就又好比寓言中的刀与鞘之间,罪与罚的关系。相辅相成,以矛盾的对立面共同依存。"

七叔挠挠头,"这个,实在不能理解啊。"

老人呵呵笑着,换了一个坐姿,使要麻痹的双脚得以舒展开来。他问:"小子,你觉得爱情对于两个人而言,每个人分得百分之几?"

七叔赶紧说:"当然是每个人百分百啊。"

"这么说就片面了啊,"老人说,"爱情是百分之百的。并非每个人都给对方付出百分之百,而是每个人付出完美的百分之五十,加起来才能圆满。满了就泼了。"

"老师,爱情经常使我多愁善感。"

"不过可也令你敏感?"

"是。"七叔点点头。

"多愁善感和敏感不同。多愁善感是不理智的,敏感是理智的。"

"了解。"

列车驶进隧道，回声刺入耳膜，令人感觉一阵不快。这期间是不能继续说话的，因为回声实在太大。忽然车厢顶上有什么东西跌落，能判断出有一只鸟的重量大小。

酒能解愁不能解脱，烟能致癌不能治心病，所谓此类的幻物，都只得一时念变不能让心变。

两个人在黑暗中静静地吸烟，望不清对方。

（我是否犯下了什么不可弥补的错误？）（对，我必须赎罪。）

七叔抽出枪，对准了对面的老人，黑暗中，列车的声音滚滚而来，心脉激动。

可在他还未扣下扳机之际，一声枪响震碎了他的知觉，连回声都没能够极其干脆地随尾而出。伴随着弹壳落地的清脆声，一阵强光如洪水决堤灌进视觉。

列车驶出隧道。

爱上不存在的人，叫空想主义；爱上不可能喜欢自己的人，才叫幻想主义。

他吃力地睁开眼睛，一切景象逐渐清晰。

老人的双眼瞪得滚圆，极其吓人，眼白像稠腻的浆糊要流出来般挤着瞳孔放得很大的眼球。在眉心处，一个黑色的窟窿中流下一条猩红血液，一缕轻烟从洞中冒出，立刻消散。

（不、不是我开的枪！）

七叔赶紧逃离了座位，条件反射似的跳起来，可是这刻惊悚使他麻木而迟钝，他手里的枪仍指着老人。

列车的速度似乎在加快。一阵不适的感觉从胃部升起。

七叔随即像一只被戳爆的气球，泄气后软塌塌地倒下了。

:8

当我醒来时，一睁眼，便看到怪兽死死地盯着我，面如死灰，极其吓人。他和我的脸相差不过五厘米，仿似我轻轻地移动身子便会吻到他。而他的脸和我的脸还是一模一样，我轻轻地移动身子便会吻到我自己。

他移开身子，我才得以坐起来，似乎昨晚落枕了，右肩处一阵扎人的酸痛。他凑近我，用手给我使劲地揉了揉，果然舒畅许多。我的头似乎被什么东西箍着，这疼痛感始终未消除，原来这才是令我不适的最终原因。

我用手试图探索性地按摩着肩膀。

怪兽笑了笑，用一面镜子对着我。

一个钢圈！

"那是金刚圈。是大师送给你的礼物。戴着这个圈，是至高的荣耀，它意味着你是大师作品，是大师亲自创造出来的接班人。是不是太紧了些？"他看到我略带痛苦的表情，询问道。

在镜子里，我看到我的皮肤沾满了油光，以及一脸疲倦。"着实是这样的，能先脱下来么？"我尝试着将金刚圈从我的头上扯下来。

"没用的，你只能习惯它。这是半夜我们都睡着的时候，约瑟夫偷偷潜入这里给你戴上的。"

我听了他的解释，愈加感到疑惑和费解。

（约瑟夫？）

"诶，怎么你头上也戴着一个？"我指着怪兽头上戴着的一个样式与我同出一炉的钢圈。

他憨厚地笑道："这个是冒牌的。"

"你戴着玩儿。"

"我是个勇于追求细节的人。"

我支起了身子，移动身子到厅室中央的方桌旁，上边摆着两份经过精心准备的午餐。烤得恰到好处的羊角面包，三个小盘子里分别盛着味酱和汁油，以及一杯看起来纯度非常健康的牛奶。

"想必你已经饿了吧，那就享用吧。这些也都是约瑟夫准备的。

"这奶呢，是阿姆斯特朗博士特别配调的，不是自然生物的乳汁。那样挤奶特别没有人性，他觉得。里边充满各种营养物质，分配百分比都经过精密的科学计算，只有在镜中世界里的人们能享用到如此高纯度的产奶。喝喝看，胃口可对？"

怪兽十分热心向我介绍道，我拿过奶，抿了一口，果然味道好极了，但若不是进过他这番似乎多余的介绍，我真没有感觉到这奶和平时在超市里买的盒装奶有什么不同。

（我什么时候也参与过社会活动去过超市的呢？）

我们安静地享用了午餐，应他的要求，我到浴室洗净身子后，又到换衣室换了一身简洁衬身的服饰。这个小木屋里，真是应有尽有，而且东西从来不多余，没有多余的衣服，多余的奶，多余的供燃烧的木材。因为接下来我们要出发了。

"那我们就行动吧，我们得穿过森林到阿姆斯特朗博士的城堡，和他见个面。你应该也会见到约瑟夫，他得力的小助理，如果他不忙的话。"

我们走出木屋，头上的金刚圈给我脑袋带来的紧逼感已经慢慢消却。

阳光温暖，照在皮肤上十分宜人，怪兽沿途一直说着笑话，我偶尔应付似的哈哈几声，不过有的笑话实在是非常能触动幽默神经的，我便十分放肆地笑了出来。

回头望我暂时借宿过夜的木屋，房顶被刷成白色，烟囱像一块多余的积木搭在上边。

当我仔细观察树木时，才发觉不对劲。这些树木，各种各样的都有。棕榈，白桦，樟，榕，柳，椰。种类齐全，几乎每一种都独立存在。树和树之间留有足够宽敞的距离，也不会觉得遥远。即使一匹快速奔跑的马穿过，也不用担心会有磕碰的危险。这可真是非同一般的森林。透过树叶间的缝隙洒在地上的光斑不时随风而动，如同一张张纯净的没有五官的笑脸在地上飘忽。（这个比喻有点惊人。）

踩踏着落叶和柔软的泥土行进，那感觉像是在春游。

（我什么时候也参与过学校活动参加过春游呢？）

"你相信奇迹么？"在前头领路的怪兽忽然问道，他的心情显然十

分愉悦，我一心顾及观赏风景，心思被他的声音突然拉回来。

"这个要怎么说呢？"

"奇迹。你相信它存在么？"他重复着问题。忽尔停住了脚步，待我
赶上他的距离才继续行走。

"莫非又是什么隐喻？"

"哪里有这么稀奇古怪的。"他笑笑。

怪兽的脸沐浴在一片温暖的阳光中，块状的阴影在他的脸上浮游。
看着和我长得一模一样的人在我身边笑……真的蛮惊悚的。

"相信吧。"

"不然啊。"

"究竟是？"

"其实，遍地都是奇迹，但偏偏是不巧，我们踩到的，总是地雷。"

他似乎在讲一件历史悲剧。而我专心地在地上寻找埋伏地雷的痕
迹。

树叶沙沙响动，鸟鸣声悦耳，唧唧喳喳，忽远忽近，似乎是迷宫中音
乐，神秘动人。

"怎么表情又凝重起来呢！这样可不行啊，修行还没开始，我开玩
笑的。"

怪兽拍拍我的后背，开心地跑向前边去了。

行走了五分钟后，我们来到一个森林环绕的巨大庭院，奢华无比。
我惊叹得暂停了脚步，还是由他拉回了我僵硬的意识。这庭院里有一座

两层古堡，右边有一座更高的塔楼，显得突兀，上边摆着一个圆钟。一只鸟在塔尖上歇息。

这看起来倒像是德古拉伯爵在森林隐居的居所。

穿过花圃围绕的长廊，一个小孩穿着迷你的淡黄色麻布西装，剪裁合身，他背着手，目光像是伯爵的老管家在等候光临派对的嘉宾。他向我伸出手，却是六岁少年持有的声线，显得老练而成熟，"欢迎明珠君，我是约瑟夫。多多指教。"

他的小卷发真是可爱。

怪兽满意地看着我们俩，看来不需要他多做介绍了。跟随着约瑟夫，我们三人走进城堡。关门前，怪兽警惕地向外边瞄了几眼，仿佛有鬼会趁机溜进来。

当我转过头，突然出现了两个"约瑟夫"。其中一个傻气地笑着，其中一个深情严肃。

城堡里的景象，令我瞠目结舌。

:9

阿道夫站在一个视野开阔的悬崖边，通过望远镜，极慢号列车闯入了他的视线。

他改变了另一辆迎面而来的火车的轨迹，此时此刻，他吹着从不远处海洋带来的清凉海风，呼吸着高空的新鲜空气，沐浴着试图讨皮肤欢心的阳光，等待着欣赏他即将诞生的杰作。

两辆火车即将迎面而撞。

而他看到铁轨上有一个白点，异常突兀。即使透过望远镜也未能看清楚那究竟是什么。阿道夫眯起了眼睛，将力气和精神都传送至视觉神经，通过其明显的轮廓，他辨认出原来那是一只家养白鹅。

看罢，他将望远镜放下，揉会儿眼睛，刚才挤得太过用力，连泪水都被挤了出来，带来一许酸涩不适。

像是隔着几层玻璃听鞭炮响，就在他揉搓眼睛之际，两辆火车已经在远处的铁轨上对头冲撞。他赶紧将望远镜凑上眼睛，找准了爆炸之处，当视线转移过来时，却错过了最具有视觉感官冲击力的场面。

只得一片黑烟滚滚。

列车厢一节随一节共鸣性爆炸。

但至少，任务完成了。

:10

么龙君退坐到沙发上，躺下。

再也没有雷从天上滚过了。四周一片寂静，不寻常的寂静。就像空气也进入了冥想状态。

即使进入一秒钟真正意义上的冥想，也能得到一秒钟成佛的机会。

不，赶紧抹杀宗教的念头。

暴力，暴力。

正确的暴力？

蠢话，暴力的性质是一样的——流血牺牲。

施暴者和受虐者。

时光既会行进也同样会倒流。

站在巨人的肩膀上，看到的未必比巨人的远，你明明知道巨人的眼睛还在你之上。只有站在巨人的头顶，才能看到的比巨人远。当然若如此这般，巨人会产生嫉妒之心，他会将你视如头顶的虱子，将你一掌拍死。你无处可逃。巨人是无法攀比，超越，无法敬仰。

混乱的意识像蛛网结满么龙君脑内思维的空间。

隐隐约约的雷声又响起来。

只听见一声震撼的破碎声，从头顶传来。

么龙君立即清醒过来。

空气被急速下降的沉重物体扯出飕飕气流声，像隐士手中一把剑隐在狂风中乱舞。

随即便是一声沉闷的巨响。

一个沉重的麻袋穿过天顶穹窗的玻璃砸落到地毯上，扬起一圈尘埃。

　　么龙君小心翼翼地走过去，他拔出了手枪，对准着麻袋。

　　麻袋里似乎装着一个人，蜷缩着身子在麻袋里。

　　麻袋一动不动，么龙君解开了经过心思绑死的绳索。

　　一只纤细而有力量的手从麻袋中冲了出来抓住么龙君的手，另一只手冲出来，握着一把枪。

　　女郎以迅雷不及掩耳之势从麻袋里钻跳出来。

　　么龙君还没来得及反应，就被撂倒在地，手中的武器也傻乎乎地掉在了地上。

　　他将双手以投降的姿态举了起来，用余光扫视四周。麻袋萎缩着蔫在地毯上，像一个被两个人睡过的单人睡袋。

　　他听到女郎手枪的上膛声，心里不免更紧张了起来。

　　主角是绝不会如此轻易死掉的。

:11

　　么龙君跪在地上，双手被反绑在身后，没有被蘸了麻醉剂的布袋塞住嘴巴，也没有被蒙上眼睛。似乎女郎并不打算对他施暴。

　　女郎一直站在他的身后，至于女郎到底长什么样，也只能透过眼前的这片模糊的影子进行辨认。

女郎的影子又长又细，俨然瘦身魔鬼。

么龙君咬牙切齿，愤怒与冲动。但他仍保持着躯体上的冷静，静待女郎的下一步行动。

"你的七叔连同他的人……"一根冰冷的舌尖滑过他的脸颊，他紧紧闭上了眼睛。迷人而妖媚的声线，犹如一股袅袅上升的迷迭香在耳际空间里萦绕。

"死了。"

闷雷再次滚过天空，似乎附和着他震撼的心灵。

舌尖一直舔至太阳穴，在脸上留下了一道水痕。

女郎踱步到他跟前，这才得以观察到她的真容。

女郎五官精致，即使未擦口红，嘴唇却充满了盈盈血色，紫色卷发披至肩处，宛然生长在她头上的一条条被勒紧的蛇。死蛇。她穿着一套黑色紧身衣，从颈项直到脚跟，脚上却踏着足足有二十厘米高的高跟鞋。在地毯上走起路来，一声不响。像只拥有贵族气质的食人猫。

"你这里，有很多好吃的玩意儿啊。"她环顾四周，看到高柜上摆放的瓶瓶罐罐。声音阴冷充满嘲讽。

"当然，我不会那么下流。"女郎凑近仔细观察了瓶罐里的生物，接连"啧啧啧"了很久。她到一张沙发坐下，正是刚才么龙君躺着的那张巨大的沙发。

"你也过来吧，坐。"么龙君遵循她的指令。她只是暂时得以嚣张占了上风而已。

　　"我来这里，并没有其他的目的。"女郎拿出一根烟，点上，"不过，刚才出场的方式，的确有吓着你了吧。"

　　么龙君盯着她看，一声不哼，想必女郎也从他的表情中读懂了他的心思。

　　"你不会对我这个女人有意思的，我知道。不过请你理解，独特的出场方式是我唯一有所追求的。其实来这里，是想和你谈谈。"

　　"在经过漫长筹备之后，我党已经开始行动。你们明显已经占拜下风。这点想必你也已经有所预感了。所以我也无需隐瞒太多。我要说的中心就是，叛党已经开始行动了。

　　"这点是确凿无疑的事实。我当然作为其中的一员。

　　"我党没有特别的名字，因为一直被称呼叛党，所以干脆就沿用这个笼统而抽象的名字。再说拥有此独特性质的组织就唯独我党了。说到这里，你听得还算明白吧？"

　　女郎深吸一口烟，随手将烟蒂打落在沙发上。

　　"你不说话，就表示你已经明白了。不过请你不要紧张，我并没有要伤害你的意思。若不是刚才你用枪指着我，我是不会将你绑起来的。那绳子可不是一般人就能裁断，并且绳结是我自己发明的，没有第二个人可以解开。我结的，是一个超越于死结的结，只有我能灵活而轻巧地解开它。若没有相当的思维是不能参透其中奥妙的。所以你也不必老想着能挣脱它。"

似乎坐着令她感觉十分的不舒服，她站起来又踱步起来，一直走到高柜旁。

她似乎对那些玩意儿兴趣浓厚。

"大师住在镜中世界，而能自由穿行在现实世界和镜中世界的，唯独大师和他的人。目前所知，一个叫阿姆斯特朗的博士和他的助手约瑟夫，一个能变身的叫做怪兽的，不知是人还是真如其名是个怪物。另外，还有一只鹿，那只鹿是我们唯一查不到资料的，危险程度和其性质都无所得知，但是仍然要提高警惕。我党目前已经掌握了某种方法，可以自由穿行两个世界，这点你没有想到吧，我们竟然能做到，并且秘密被保护得密不透风，之前你们一点都没有察觉出来。"

说罢，她将吸到接近尽头的烟蒂随手一砸，坠落时乍现出几星灿烂而斯文的火花。烟蒂在地毯上烧出一个小黑圈儿，她一脚碾灭。

女郎拿起一个瓶子，反转却心不在焉地端详着。

她郑重其事地说：

"请你们也行动吧，对抗我党。反抗活动若进行得太过顺利倒令我们觉得没有激情。"

她松开手，瓶子砸在没铺地毯的地上，随着一声脆响，支离破碎。

三只身上布满了貌似发霉斑点的毛虫蠕动着恶心的身躯向三个不同

的方向迟缓地爬开。

　　女郎似乎爱上了这样的声音，她拉过整个巨大的高柜，如此惊人力量，使其与地面形成的九十度角骤减了至少三十度，所有瓶子或大或小的在一瞬间全都砸到了地上。噼里啪啦，震耳欲聋，无数奇异的生物或飞或爬或跑，乱窜。

　　鳄鱼崽，红色蜈蚣，伸出蓝色舌头的蜥蜴，鸵鸟蛋等等。

　　么龙君迅即冲过去。女郎掏出枪，打中了么龙君的右腿，么龙君应声倒地。一只壁虎从他的脸上爬过。

　　女郎尖利地笑了几声。

　　又听到头顶传来的玻璃碎裂的声音。

　　当么龙君睁开眼睛时，女郎和麻袋都消失得无影无踪。

　　朝上望，穹顶破了两个对称的洞。不规则的碎玻璃洒落一地，一块玻璃插中一条蛇的头。

　　巨大的危机感笼罩着他的心，层层阴云聚拢起来，摩擦生电，电后生雷，雷后生雨。

　　当部下冲进来时，事务所内已经一片狼藉。么龙君痛苦地倒在地上蠕动，他蹭开了一只爬动迅速的蜈蚣，蜈蚣翻了一个身子，腹面朝天，又灵敏地反转回来。蜈蚣爬过一只毛茸茸的黑寡妇跟前，蜘蛛被吓了一大跳。

　　叛党已经开始行动！

:12

展现在我眼前的，是一个巨大的密闭空间，其高度远远超乎古堡的顶部。明显，古堡仅仅是一个幌子。

左侧的一个巨大书柜，足有五层楼高度。这里边规矩地排放着令人眼花缭乱的书籍。著作与著作。

其他空间，则摆放着一个个的实验桌柜，陈列奇异器皿与复杂装置。五颜六色的液体或在冒泡沸腾或平稳地盛在仪器中。过道足矣三人齐肩经过，行动自由方便。一切都显得有条有理。

而最令我瞠目结舌，是实验室尽头的一个巨大圆柱形装置，它的出现，出乎我的心理准备。

火箭。

科学之光闪现在我的脑中，虽然我对其一无所知，这便是最高端科学实验室的魅力所在。

"科学是有灵魂的。虽然它是有局限性的，但与我们现阶段能达到的境界看来，它是无限的。所以，科学家只有与真理无限靠近。"

阿姆斯特朗博士向我走来，他穿着一袭工整的白褂外套，棕色西装裤下却穿着一对拖鞋。

"你们去吧，我带他参观这里。"

约瑟夫无趣地瞄了假约瑟夫一眼，假约瑟夫像是成为真约瑟夫的影子一样跟着他。

博士向我走过来，仔细地观察着我，我看着他，没有恐惧也没有其他情绪。

"这里很壮观吧。"

我点头称是。

博士笑笑，说道："我们去看看火箭吧。"

他的拖鞋发出了令人感觉愉快的拖地声。

"其实我不叫它火箭。"像是他的一个无关痛痒的小秘密。

"我在这里研究反物质。按照理论，宇宙大爆炸之初，产生了等量的正物质和反物质。但现实情况是，我们的世界由正物质组成——反物质似乎莫名消失了。所以，反物质一直以一种假设的形式存在。但它的确是存在的，只是缺乏证明。"他将两手插入白大褂的口袋里，接着说道，"我通过宇宙暗物质的相撞得到它们。这一切纯属偶然。当正物质和反物质相遇后，其中较弱的一方将湮灭。当然，占下风的，永远都是正物质。简言之，就是我们现在肉眼所能看到的一切，包括光。"

我们越来越靠近火箭，我的心在怦怦地跳动，至于博士正在说的一切，我一知半解地听着。

他特别强调："物极必反。这是世间万物都存在的对立性。"由科学层面上升到哲学层面，这是各种学科之间的微妙联系。

物极必反，我想。

　　"我发明了一些反物质武器，但是成本极高，还无法正式得到军事应用。衍生品还包括一种反物质燃料，专门供于我们即将看到的，火箭。"他停顿了一会儿，指向我们正右方，我看到一个高出我身高三倍的灰色立方体，"这个是'穿梭机'。它能生产反物质，当然，这个立方体只是暂时替用的外壳，穿梭机在里边像一只冬眠的动物在睡觉。"他对自己的比喻很满意。

　　"这恐怕是无法公布出去让世人大批量生产了，否则是极其危险的。"说罢，我们继续前行，"反物质是宇宙的镜子，反物质拥有我们的智慧无法想象的能量。它足矣扭曲轨迹，足矣同正物质构成的我们肉眼所能观察到的宇宙所抗衡。这里提到一种更伟大的力量，即是意识。

　　"你无法想象这力量有多大。反物质和意识的力量比起来什么也算不上。但这力量从未被开发和应用，我无法观测，也无从下手。这是时空内在核心力量的最大宿敌。只要百分百的升华，超过界限点，就可以制造精神的反物质，任意修改时空。至于大师能不能做到这一点，我也不知道。

　　"生命是回家的过程，是提升的游戏。你在这里，脱离了社会干扰。至于无边无际的科学，只管推给我研究。在这里你将学会开悟。当你获得了纯意识，你便完整地拥有了适合当大师的肉体，你便可以真正的成为大师。"

　　我正想开口提出一些疑问，他就赶紧将食指贴在嘴唇上，对我说："嘘，别问问题，待会儿约瑟夫会领你去见你的导师，他会回答你的。"

　　我们的脚步停下，我们正面对火箭。我走上前去，博士说："它叫

HUGO。"

　　说罢，博士自豪地仰望着他所创造的科学艺术品。

　　他转过头，目光内诚意的火焰在燃烧，"明珠君，见到你我很高兴，恐怕我们接下来见面的机会不多了。因为我即将到月球上进行进一步的反物质的研究，太空中有更好的空间优势容我进行实验。我将离开很长的一段时间。在这一段时间里，就好好跟随你的导师完成你的任务吧。待到哪一天，你成为新一任大师，我将是你的部下。"

　　"光。"博士突然说道。

　　我歪过头，看着他。

　　"你知道是通过什么传播的么？"他问道。

　　我说不知道。

　　"大师的意识。它造成一种空间颤动，影响其他的低级维度世界。光是通过大师的意识传播的。不存在什么以太或者诸如此类的空想介质。宇宙不存在绝对的物理规律。所以刚才我说，科学只是不断地接近真理。一个我们想象中理应存在的统一定律。"语调神秘兮兮，"时间不早了，你得赶快去见你的导师。"

　　而不知什么时候，约瑟夫已经在我的身后。我同博士道别，而他继续做他的研究。

　　我跟随约瑟夫的步伐，原路返回，回到入口处。在左方，巨大书柜后，一个巨大的旋转楼梯，我们走上去，足足走了一分半钟，我感觉有些头昏目眩。在旋梯的栏杆旁，我得以稍微抬高视线，仰视这个博士一个人掌握的实验室。他竟然只靠一个助手。

"你一个人就行了。直接推门进去，导师已等候多时。"

我点头。

转身看到楼梯尽头处接着一个走廊，铺陈豪华地毯，图案因为光线太暗而看得不太清。我走向走廊尽头的门前，没有发出半点声音。我走得极其小心，地毯很厚。往身后看，约瑟夫又突然消失了。导师房间的门上挂着一个牌子，是优美的打印字体。

"亚特伍德。"

我推门走进去。导师正交握着两手在一张巨大的桌后等着我。

他留着独具特色的山羊胡，好吧，他的五官竟然也和我一模一样。在这里究竟有多少和我长得一模一样的人？不过，也见惯不怪了。

"来，坐下。"

声音十分浑厚，仿似是配音。表情处变不惊，冷漠，却又充满了智慧之光。他架着一副带绳儿的圆框眼镜。像个长不大的老派苏联作家。

门悄然在我身后关上。

我环视房间，大小恰到好处。一个相比实验室里小得多的书柜。一张办公桌，我和导师面对面坐着，他身后的墙上挂着一幅描绘着夕阳森林景象的油画。右手边一组布制沙发，大理石茶几上摆着一套花瓷茶具，优雅美丽。壁橱里未燃火。墙面贴着墙纸，俨然皇宫廷室。地上铺的则是和走廊上见到的一致的地毯，我终于看清了上面的纹路，画着一个奇怪的图案，复制开来。

一只鹿在照镜子,而镜子里出现的却是一匹狼。两者貌似在吻。

一只蝴蝶在鹿的头上飞舞。

想必肯定有其特别的含义,但现阶段是不得而知了。

他突然说道:"叛党已经开始行动了。"

我注意到沙发后有一扇窗,窗外阳光明媚。却笼罩着一层道不出的诡异气息。危险似乎在暗处集结,蠢动,要发动攻击。

"你的任务巨大啊。"

他们的目标,是杀了大师。

Chapter
Two

第二章

:13

　　亚特伍德站起来，我的视线跟随着他。我注意到桌面上摆着一个鱼缸，水草在清澈的水中扭动着嫩绿的身姿，可是缸中却没有一条鱼。（那么我何以知道这是鱼缸的？）

　　"养鱼是扼杀天性的事情，摆着这个水缸，我只靠想象力来欣赏。想象着其中游动着什么什么各种各种神奇而美丽的鱼类，有来自大西洋深处的神奇鱼种，抑或是平常司空见惯却美得一塌糊涂的金鱼，食用鱼当然是不可能的，还有假鱼，木头雕刻。"他到一旁的沙发坐下，拾起茶具跃跃欲试，"来，到这边坐下。在那边说话令我觉得气场很怪异。仿佛经理要打发走前来应聘的一无所知的年轻人一般。"

我起身，走过去，视线脱离了那个鱼缸。应该说水缸。

仍是同他对面而坐。

这个和我长得一模一样但气质却比我世故许多的导师正操作娴熟地使用着这套看似颇费力气的茶具，他将茶壶如拈花般举起到一个高度，适当而完美地倾斜倒出一杯茶。茶在杯中未满，若有若无的蒸气萦绕上升。一股清淡而不可思议的香味进入我的鼻翼，像是一股难得的春风吹拂过干旱的荒漠大地。

我拿起茶杯，小心地抿品，"茶叶是约瑟夫给我送来的，具体名字也道不上，是绝对稀有的品种就对了。对茶不是很有研究，凭着这高档的茶具平时泡泡，品味一番，也像是一种境界的样子。但是我这连茶的名字也道不上来，境界可能算不了什么。"说罢，他也给自己斟上一杯，"刚泡的，正温着。还可以吧？"

我点头，看着杯中茶上漂浮着一片细小的碎叶，仿似茶色的天使羽翼漂游在孤独的湖面上。

亚特伍德放下茶杯后，我也小心翼翼地将饮尽的茶杯放下，生怕一不小心给碰摔了。他抬起头，目光具有极强的亲和力和穿透力，凝视着我，"你是什么身份，何以到这里，要完成什么任务，这一系列问题，恐怕还是有十分的疑问的吧。"

未等我点头示意，他便接着说：

"这个国家，拥有独立的制度。与其说独立，倒不如说是人类历史特别罕见的社会模式。在整个世界版图上，你看不到它的身影，因为它甚至比一个最不起眼的小岛还小，但它的内在是具有巨大的空间的。就像这个实验室，它藏匿在一个外表看起来极其普通的古堡里。就是其空间的内涵已经超乎了外表的可能性，这点明白吧。"

他像在叙说一个年代久远的传说，我静静地听着，梳理着说不上乱但仍是仍旧一团糟的思绪。

"所以，我们与世无争。无论是经济上还是其他方面，都同其他文明世界的组织没有冲突。但我们拥有着完全发达的文化和科技，社会制度方面也十分完善，这一切也经历过演变和进化，但其过程实在非常漫长，三言两语恐怕解释不清楚，但是其升级的过程还是存在的，这个则无关紧要。

"大师是我们的最高领袖，相当于极权主义，他一个人统领着我们。就像你在下面看到的以火箭的外貌迷惑人，有火箭的功能但不完全与火箭相同的那玩意儿一样，我说的极权主义不是个人崇拜的意思。这点也许十分重要。

"法律由大师制定。但社会也存在着潜在规则，这个不由大师去定论。比如说爱。无论是同性间，还是异性间。即使存在自然而然的吸引力和磁性，只要彼此的心因为奇妙的反应而拉近了本来陌生的距离，剔除了两条生命线本来存在的不可能性的隔阂，最终抵达温暖的彼岸，并最终走到一起，结合，或能生育。大师则阻挠不成生物定律。而对于两性是否异同而作为情侣的关系在一起，社会上是没有任何人有偏见的，这样的确是完美的集体意识观念不是？我听说地球上的其他国度仍然有大部分人存在偏见，那是极其没落无知的，终将导致他们的文明迟钝。

"这个国家最神圣的物品，想必你也见到了，就是镜子。镜子里是一个不同的世界，大师便住在镜中世界的某个神秘角落。就是此时此刻，我们就在镜中的世界。是有一只鹿带你进来的，无论清晰或模糊，可还记得这点？”

我赶紧点点头，他又重新沏上茶。再小心地分步骤地喝下。充满了礼仪性的动作结束后，继续说道：

“所以，打破镜子或者轻蔑镜子的重要性，是这个国家最大的禁忌所在。同时重要的一点是，现实世界和镜中世界是两个完全独立存在的个体，犹如两个宇宙。镜外是四维世界。彼此的桥梁是一般人不易发觉的。桥梁只是一个比喻，至于两个世界是如何接通的，只有能自由出入两者的人才知晓。我本身即是出生在镜子的世界中，我从未到达过那端的世界，感受那端世界中的社会氛围，所以对于那个世界，我其实是一无所知。只不过对于那个世界的存在明白而已。

“大师的真面目，没有人见过。见过的，也不曾透露。但恐怕不存在这样的侥幸。大师似乎是一个非物质的存在，他是一个超越生命物质的精神体的存在，犹如一个以思维的方式运转的独立宇宙。但至于大师究竟是什么样的存在，或者寄住于什么样的物体中同这个我们肉眼所能看到的世界交流，我则不敢捶案定夺。但每过十年，似乎是既定的定律一般，大师就要进行换届。而你，是现在统治着这个国家的大师亲手创造的作品，此时你以一个十六岁少年的形体存在，但你仍然不具备成为大师的资格。我作为你的导师，将在接下来有限的时日内带你领略镜中世界的风光，最重要的，完成你的精神提升。不要想象那是一个多么奇怪而艰苦的历程，你会在冥冥之中得到各方面的升华。当你具备了资格，你便能成功上任。而你的过去，我不知道。我的过去，我也不知道。当我觉醒的时候，我已经是每一届新大师的导师了。正如同，当你觉醒的时候，你已经是大师的接班人了。之前，我一共带过九个孩子，他们每个都绝顶聪明和可爱，当然，你也不例外。你是我将要带的最后一个孩子。当我们成功后，我的使命就走到尽头。"

你是大师作品。

他深深地呼吸了一口气，似乎心情突然沉重起来，也再没倒入新的茶喝掉，继而说道："我们的世界，从诞生以来，都与世无争，这个上面已经说过了。但是其和平性，是同外界比起来。而我们自身的社会当中，一直存在着不安的因素。那就是叛党。叛党自其出现危险的苗头开始，就被高层人士所惕警，生怕有一天它们成熟了，开始为非作歹，扰乱社会秩序，并且执行什么可怕的任务，达到什么惊为人天的反动目的。而就在昨天，叛党终于开始行动了，就是你进入镜中世界的这一天。

"忘了说，镜中世界和彼端的世界在时间上是平行的，不存在什么时间维度上的错位和快慢的换算关系。同样日出日落。特点就在于，这里的天气随大师而定。目前是春季，维持了一年多。"

叛党。

"确切的信息中透露，叛党只有一个指挥其手下行动的大脑。而大脑通过控制一些脑内原本并无反抗性质的脑体来控制人的行动，以达到其行动的目的。就是说，循规蹈矩生活的一般人成了叛党大脑的奴役，被迫地完成任务。而且就它们的第一步行动来看，它们的速度快得惊人。表现为没有预兆，极其干练。而且破坏性十足，一丝线索也未留下。不留毫痕。

"大师似乎未作出什么行动指示。在彼端的世界，有一个国会集团掌控着一些事务性的行动。他们执行法律，举行定期会议，讨论一些大师顾及不到的课题。而就在其中一个高官前往首都参加国会紧急会议的途中，他的火车与另一辆被改变了轨迹的火车相撞了，产生了大爆炸，在荒野，虽然不伤及无辜，但是片甲不留，干净利落。叛党是通过极端暴力的形式开展行动的。所以找到叛党大脑并且消灭它，是迫在眉睫的事情。但找到叛党大脑，似乎是个艰巨的任务。我们身处此处，只是无能为力。

"以上，就是我向你解释的这个世界以及现在的状况了。其他的不用管，科学的事交给阿姆斯特朗博士，空间的运转和最高思维体系的维持让大师去完成，而叛党的铲除则交给国会的人去做。你我只需好好享受这里的时光，完成精神提升的任务。"

说罢，他看着我，似乎在观察我的反应。金色的光斑随树的摇曳落在茶几上，茶具上青花的纹路，安详而美丽。似乎感觉不到外部社会已经处于危机的状态中。

在我整理思绪认清接下来的路该如何走的同时，茶具开始摇动起来，我赶紧用双手撑着沙发，紧张地看着亚特伍德。他冷静地环抱着双臂，温柔地看着我。我向他寻求帮助，而他居然在喝茶。

整个房间所有的东西都开始颤动，越来越厉害，各种器械和物品碰撞和摇颤发出清脆而迟钝的声音。我闭上了眼睛，尘埃快速地开始转动，它们飞进我的耳朵，像世界大战时在黑烟弥漫的天空快速飞行丢下炸弹的战机，轰轰引擎声扰乱我冷静的知觉。

忽然，一阵耳鸣。

长长白白的耳鸣。

所有都掉进漩涡。

白噪音转瞬即逝，一切平静了下来。我睁开双眼，一下便适应了柔和的光线。房间安然无恙。没有东西掉下地来支离破碎。水缸里的水也一滴没有洒出来，其中的水草依然在安静地扭动着身子，在没有音乐的伴奏下仍然能体会生命中洋溢着的诗的气息。

我将两只捂着耳朵的手放下来，双脚刚才也不自觉地蜷缩起来，我缩在沙发的一角。

亚特伍德笑笑，接着优雅地拿起茶壶，给我倒一杯茶，馨香的茶沁入心扉，"那是阿姆斯特朗博士的火箭升空，还有他的小跟班。他们到月球去了。"

到镜中世界的月球去了。

:14

夜幕降临，雪停止了曼舞。

无论是人行道，马路还是房顶上都积满了一层厚厚的白雪，有如一床床厚得不讲道理的棉被强制盖上所有能见物。

霓虹灯招牌五光十色，街道上以及店面里的灯束给那漫天遍地的雪染上了各种颜色的胭脂。光影重叠，并不时变幻颜色，颤动。

爱美的人。不停卸妆，转场，演出新的戏剧。台词记得滚瓜烂熟。观众鼓掌。

无声的雪的演出。

阿道夫随意走进一间酒吧，震耳欲聋的声音贯耳袭来。一个女郎挽着醉得如泥的男人走出了包厢在过道跌跌撞撞地行进着，脸上挂着沉醉而享受的表情。

我们都是喜欢狂欢和社交的愚昧之子。

阿道夫使劲地打了一个哈欠，揉揉鼻子，在吧台坐下。

口腔很痒。

远处最喧闹是一个半圆形舞台，三个扮女装的男人在跳钢管舞。

光线摇曳，暧昧和激情像两团烟雾笼罩着这个空间里的视线和心灵。

舞台边一群人在起哄，有的甚至将酒洒了过去。一个男子扭曲着自己肌肉强健的肉体，烟熏妆画得过火，口红似乎花光了一条。他吐出舌头，舔着钢管，竖直向下，舔着地上的酒。

他捡起被扔在地上的钱。

再一个哈欠。

他环顾四周，发现酒吧里摆满了花，奇模怪样，仿似是借以花的形态给以人错觉的其他植物。

他对花粉过敏。

"今天难道是什么值得庆祝的节日么？"阿道夫对身旁的一个男生喊道，但即使要喊破了嗓子，他的声音还是淹没在一片沸腾的热浪中。

"怎么这么问？"对方也喊了起来。这个老头怎么深夜造访"花之都"。

"这里到处都是花。"阿道夫说道，他要了一杯招牌鸡尾酒，高脚酒杯的边儿上插着一朵油黄色菊花。简直无处不是花。

"你肯定是第一次来这里了。"男人转过身子来，看着这个神采奕奕的老头。

"那些都是什么花？"男人点上一根烟，同时递给阿道夫。

他摇摇头。

"这些都是假的！这酒吧里没有正经的花儿！"那人解释道。

"摆满了奇形怪状的假花的酒吧？"鸡尾酒里有一股很浓的蛋黄味，菊花枯萎，没有香。

即使这么一朵小得只比指甲大一点儿的菊花，若真有香气在这里恐怕也闻不出吧。

"正是这样的！这是全城最大的变性人聚集地！花是假的，人也是！"

阿道夫才猛然间意识到，正同他对话的这个男人有些娘们，他的语调中没有男人的磁性，也是四十来岁的中年人，手上是浓密黄毛，手链确是少女的钟爱首饰，上面悬着一些菱形状的镜子。还跷着兰花指。

"你看台子上表演的那些，虽然都不是正宗的变性人，但是非常的
受欢迎啊。"

阿道夫再次向舞台的方向看过去，钢管已经被撤走，两个浓妆艳抹
的人正将大腿缠在一起，妖媚的眼神在彼此间传递。主持人在起哄。舞
台边净是一只只舞动的手，有的举着酒杯，有的竖中指。

一道紫色强光扫过酒吧一圈，随即变成橙色。

他狠狠地又打了一个哈欠，蛋清味浓重的酒被他呛了出来。
既然不是花粉过敏，究竟是什么呢？

突然，除了重金属音乐声，人的声音停止了几秒钟，接着一声整齐的
哗然。
他抬起头，向舞台看过去，似乎发生了什么，更多的人朝那里涌去。
人声逐渐又恢复了刚才的分贝，更多好奇不解。

一束绿色的光扫过酒吧一圈。

阿道夫跳下凳子和男人走向舞台。
一个面带泪涕，满是惊恐的裸体男人侧身倒在舞台上，他吃力地躲
避着什么，像被人推倒在舞台上。
他不停地用脚蹭着浑浊的地砖，往一个反方向挣扎着移动。
一把枪从后台的帘幕后伸了出来，围观的酒客又一声哗然，向后整

体倒退，有人赶紧抓紧了旁人的胳膊。

阿道夫听到几下酒杯碎裂的声音。

手枪指着倒在舞台上的男人。

那是一个女人走出来，进入众人视野。

二十厘米高跟鞋，塑造出完美身形的紧身衣在灯光下熠熠闪烁，亮片包裹着她的胸部和背部，仿似蛇鳞。

众人不敢出声，音乐声骤然停止，如一阵暴雨歇息。

一些惊恐万状的生客拎起了包就直接外跑。

更多的人在冷静围观。

他们似乎相信那把枪的头不会朝他们转过来，这个人将成为今晚最令人惊喜的演出。

意外的眼福。

男人的裸体被众人一览无遗，看起来行事干练的持枪女郎信步走近他，男人不再动弹，眼白翻出来，眼珠子朝上瞟，似乎能瞪出什么怪物来。

女郎高跟鞋发出的啪嗒啪嗒声在酒吧四壁内回响。

像一条会飞的蛇被戳瞎了眼在乱撞。

被囚禁的无头苍蝇。

舞台边缘竖一支两米高钢管，发出冰冷金属光芒。

阿道夫终于挤到围观者的前面，占据最佳观赏位置。

女郎用枪示意着男子什么，男子似乎听懂，极其不情愿地慢慢爬了起来。他的动作极其迟缓和小心，生怕做错了什么，招惹到女郎。

男子望了望四周的人群，光线在他们的头顶上乱窜，像是要选中什么幸运儿一般急速地不规则跑动。

男子两只手攀上钢管，他紧闭起眼睛。大腿夹得很紧，一上一下。他吃力地喘息。

女郎冷静地观看着他。

面容冰冷，仿似用水晶雕刻。

台下一片哗然。

男人的身子突然一软，跌倒在地上，他用两只手抓住自己，痛苦呻吟。

他转过身去，背对围观的人群。

两声枪响后，男人便一动不动，两只手随即倒贴在地上。

他四脚朝天，眼神瞪着天花板上那些不断变换着颜色的舞台灯。再也没有呼吸了。血从什么致命的地方流出来。

观众一片欢呼，有人将酒洒上了舞台。

音乐继续响起，人们和舞伴扭动起来。

似乎刚才所上演的一幕是已经排好的戏码。

阿道夫想着，这群沉溺在酒精里的人们真是无可救药。

女郎收起枪，从舞台的一边不慌不忙地走下来，敏捷地穿过热舞的人群，戴上墨镜，掀起酒吧门口的串珠帘子，撞到一个跷着兰花指正在和旁边的沉默少女发牢骚的伪娘。随即便消失在无边无际的夜幕中。

阿道夫的目光一直跟随着她。

那人真的死了。有人喊。没有人附允。

两个彪形大汉将男人拖下舞台。

"接下来大家将看到更加精彩的演出！有请……"

主持人通报下一个节目。

没有人怀疑。

一抹桃红色的光扫过舞台。

阿道夫环顾四周，一片歌舞升平，此夜又将无眠。

一个拿着一袋白粉的女郎将大腿贴住了他的臀部，性感的红唇跳入他的视野，他吓了一跳，连忙向后退。

我不需要，他想。

阿道夫将杯中的酒一饮而尽，已经没有蛋清味了。没理会寻找生意的女郎，将手插进风衣的口袋。

脑中突然闪现出两辆火车相撞的情形，那是他在白天所见的壮观戏码。

他想要追上女郎。

当他走出酒吧之际，一阵寒风灌入他的毛孔，哆嗦。

又一个哈欠狠狠地从喉咙里被呛了出来。

一个钝重物体硬生生砸向他的后脑，意识的光明世界突然被拉灭了
灯。

他应声倒下。

:15

一辆加长黑色轿车的后厢内，潘密拉摘下墨镜，端详着眼前昏迷的
老头。

阿道夫。这就是那个改变了火车轨迹的人？

在袭击了么龙君以及杀了情夫后，潘密拉似乎显得有些疲倦了。她摘
下墨镜，脱下紧身的长筒丝袜，随手丢在地上。透过墨绿色的高防车窗，
只能依稀看到窗外冷漠的城市夜景。各种酒吧的招牌无力地闪动，跌跌
撞撞的人们互相搀扶着走在路边，趴在电线杆旁呕吐。这是一个腐败地
带，聚集了数百家大大小小酒吧，夜总会和赌博性质的娱乐场所，各具诡
异特色。

黑夜是它们的皮肤。

潘密拉躺在靠背上，合闭眼睑。疲惫。执行任务时的英姿飒爽转眼
不见。

她什么也想不起来，轿车以匀速行驶。

透过窗户已经看不到灯光密集闪烁。间距相当,高高耸立的路灯在不停地向道路后方退去。人造光逐渐变得依稀,逐渐退隐在远方。潘密拉的意识逐渐模糊起来,就像一团掺和着香气的迷雾带领她进入充满未知的地带,而在这地带的浓雾里,她只看到张牙舞爪的剪影,树枝和乌鸦。

"你得把孩子堕了,没有讨价还价的机会。那是婊子你自找的。和我无关。"

"你就这么懊恼吧,反正我连你的名字都不知道。你这个除了外貌什么也没有的可怜的妓女。"

"报应?你从哪里学来的,会用报应来吓唬人?"

(似乎远处有一盏灯,挂在树梢上,在摇动,向我招手。)

(就像我醉了,和那群浑浑噩噩的混蛋没什么两样。温热的肉体,笑,虚无快感。)

(我要走近那盏灯,虽然我已经站不稳了。)

(可我接近了,接近了。)

潘密拉的心里油然而生一种自豪感,她的嘴角露出冷笑。

车子一阵猛刹,潘密拉在模糊的幻想中醒来,就像在深海无助地游动了几个月忽然浮出水面看到光明。

她瞪大双眼，阿道夫正用枪指着她。黑暗的车厢里，枪口冰冷的触觉在她的眉心处似扎下冰冷种子，惊悚蔓延开来。

他成功地乘虚而入。

车子又忽然开动起来。

（是谁在驾驶车辆呢？）

阿道夫把潘密拉的四肢用座椅上的麻绳反绑了起来。淫秽地大笑了几声。

他用舌头舔着潘密拉曲线依然完美的大腿。

色欲是不会死的，在每一个饥渴的人的心中，就像一个个黑洞衍生。

车辆逐渐颠簸起来，也妨碍不了阿道夫野性的举动。

不久，他便感尝到了那失踪了几十年都不曾体味过的快感。

水银泻地，舒畅淋漓。

:16

奈哲尔先生给么龙君的眼睛滴入几滴氯霉素眼药水，么龙君闭着眼睛挑了一下眼皮和眉毛，稍微动了一下脸，使得眼药水能顺利地进入到眼球中。

"先休息一下眼睛吧。"奈哲尔说。

放大倍数来观察眼球的结构，密集的线坑组织，让人毛骨悚然。总是外在笼统地看上去迷人，甚至会放电，但只要再仔细的观察便会得到可怕的真相。在挑逗心仪时，不免也会漏电。小心了，漏电若电着了重口味的对象则会引来灾难。

"那女人。她来得令我猝不及防。天空滚过雷，在下雪的冬天还能听到雷声实在罕见。难道不戏剧化么？"么龙君闭着眼睛开始大放言语，发泄不快，"防守再好也不会想到有人会从天顶上袭击，况且那经过特别研制的玻璃是何以被如此轻易冲碎的。那女人的重量并没有足够的穿透力啊。难道是从高空坠落么。那样误差也太大了。"愈说愈不得其解，么龙君懊恼地叹息了一声。

他挤了挤眼睛，有一滴眼药水逃逸似的流了出来。

冰冷的带着化学味儿的泪水。

奈哲尔没答话，么龙君睁开眼睛，吃力地撑起上半身，向医生看过去。

他仔细地观察着么龙君脚上中枪的伤口，"真是奇怪。"

剧痛感越来越强烈。

"哪里奇怪了？真痛啊，麻药快。"

说罢，么龙君又将身子平躺下。听到隔壁紧张的打扫声，那群部下正在手忙脚乱地收拾事务所。

"我说真是奇怪啊。"奈哲尔直起了身子，转身拿起一张透视射线图和报告说道，"电脑的透视照片和电子射线都探测不到有子弹进入了你的身体，能有如此杀伤力的子弹是不会自动消失的，无论哪方面的科研程度都没有达到那个能令子弹消失的水平。换个角度说，你并不是被子弹打中的。但是其受伤的形式，则是借用子弹受伤这一点。"

么龙君一头雾水，歪着脑袋打量着医生。

"你说，她的确是举着手枪的？"奈哲尔问。

荒谬。

"当然！难道我会连一把枪都看错么？"么龙君用两只手摁住腿部，来自小腿的疼痛感令他说话都得咬牙切齿。

"这不奇怪，也许那武器只是个幌子。抑或是那手枪只不过是个模仿手枪形状而进行攻击的装置形式。那不是普通的手枪，换个角度说，那只是个类似手枪但仍然像模像样的新式武器。"来自叛党。

"不能给我打点麻药么？"

"在不确定你是被什么伤及之前，只能这样对你进行简单的包扎，进行止血。如果打入麻药，可能会刺激其中介入的什么化学成分。目前还没能探测到准确的介入成分，所以我不敢轻举妄动。"奈哲尔将眼镜向上推了一下，"否则这条腿就废了。"

"伤口已经开始化脓了，其恶化的速度在不断加快。"听奈哲尔这么一说，么龙君的心狠狠收了一下，他正要发布大声的号令，医生赶在这之前说道，"电脑在抓紧分析，只能再忍受一会儿了。"

"调取监控录像了么？"么龙君想到另一方面。

"刚才他们同我说，资料都被消除了。从她破窗而入一直到她逃离的那一段。时间点掐得精准无比，删去的部分没有一丝多余累赘。总之就是完完整整地被盗换了。只剩下一片雪花斑点，再之就是漆黑。至于他们是如何做到这一点，监控技术部门也一筹莫展。"

么龙君觉得自己似乎昏迷了很久。

而他们究竟是如何做到的？

一个接一个的谜团。

"让人给我准备一下，我要去首都。叛党已经开始行动了，想必受伤的不止是我。莫名其妙地受伤，应该这么说。这……这不是荒唐么，保护措施是最高水准，竟然还能被如此轻易地破除。而我还被连你都道不上名字的武器伤中。"么龙君说道，"我得去国会看看，他们正在召集紧急会议，一定是这样的。得看看他们有什么计划。"

奈哲尔从电脑前转过头，点头。

么龙君摁住大腿，加之又痛苦地呻吟了一声。

"局势已经——刻不容缓！"

:17

阿姆斯特朗博士闭上眼睛，火箭正超越宇宙第一速度，一个推动器脱落。加速度不断紧增，火箭以不凡的勇气冲破大气层高温，马上要达到宇宙第二速度。脱离束缚来自地心引力。他平稳地被绑在舱室里，约瑟夫在他的身旁。这个小孩儿睡得倒挺舒服。

他想起大海。

浪尖不时从海面上跳出来又消失，仿似白色粉笔头在蓝地毯上若隐若现。海风拂面，清爽宜人。还有她飞扬的黑色长发。

"科学能解释爱情么？"爱丽丝将头贴在阿姆的肩膀上。

那时的平凡学生，经济拮据，生活紧张。那时全校最美的她。

"化学能解释。"他说。

那时他向她表白。

"你接下来该说，你对化学毫无研究了。"爱丽丝充满宠爱地眯起眼睛看着阿姆。两个人腼腆地笑着。

四下并无他人。他们坐在沙滩上。

海风。等待日落。

距交毕业论文还有两个月的时间。

记忆如此美好短暂。有时只剩下一个场景，昔日风景就灰飞烟灭，天气骤变，在庞大的自然环境下，只剩他一人孤零零的身影，以及脚下被拉得很长的影子。影子经过裸露在沙滩上的礁石，一只鸟疲倦地停歇于此。

那时突如其来地意外。

俗套的剧情。等待日落。

科学能解释命运么？

什么都不能。

"科学什么都不能解释！精神产物如此虚妄！谈何伟大。"

阿姆斯特朗生气地踢开脚下的一块被冲上沙滩的贝壳。一只藏匿其下的小螃蟹横着身子动作敏捷地逃向大海的方向。一阵海潮卷过，螃蟹被卷入浪中。

沙滩上笼罩淡淡光线，远处地平线上滚滚落日。

他的情绪十分低落，目光垂着，沿海岸线行走。海浪声，风声，以及不远处的海鸥。那时这些声音的交织是浪漫。

他说："我不是情绪的奴隶，但我所有的情绪都因为你，所以我是你的奴隶。"

爱丽丝笑了。

阿姆斯特朗虽然为理科生，但在他极富创意地用铅笔演算过狭义相对论的草稿纸上，写了很多令她印象深刻的句子：

如果，你是一幅画，你是我藏馆里不让别人看的最珍贵的一幅画。

哪怕是无数个黄昏过去，无数个世界走到尽头后，我还是能一眼把你认出来。

"最顶尖的科学家输给了爱情。"这样的标题就在阿姆斯特朗自作多情的脑子里不断闪现。

当时他是个不出名的失意小伙计，情场崩溃没有引起丝毫社会的舆论反响。

他沿着海滩继续朝前走，脚关节处生疼。

他抬起头，透过湿润而温热的眼眶隐约看到他面前放着一面长椭圆形的镜子。

何人何以将这一面装饰得如此美丽的镜子遗弃在海边的？

他擦干眼泪，悄悄走近了镜子。

除了他的倒影在镜中，一片虚无。

海浪声越来越大，海水漫到他的脚下，冰冷感蔓延开来。天色已暗，空中出现晚霞。

那是他最后一次看到晚霞，美得无与伦比。

一只鹿从他身后悄无声息地走到他面前，仿佛在雪上行走的流浪诗人。

一声枪响，他的太阳穴被击中。猛然间失去意识。他倒在鹿的身上。

在他们消失在镜中的一刹那，夕阳落下了地平线，绚丽晚霞也告别人间。

此刻，他透过舷窗看出去。

这已经不是他第一次在太空中遥望这颗美丽的蓝色星球。

大气层像一层薄薄纱巾，从敦煌壁画上飞天舞女的身上飘下来，包护着地球。

远处是炙热太阳，岩浆翻滚，像愤怒和嫉妒在对撞时发生的剧烈爆炸。

通过肉眼，只能看到巨大的黑色幕布上闪烁着群星。那些质量超过我们想象的星球。

他将视线再次转移，专注地看着地球。

美丽的不要乱碰。

此刻火箭已经脱离了重力的束缚。

（即使脱离了地心引力，我还是会流眼泪。）

而这违背了什么规则么？

文明就像一朵白天散发着芬芳黑夜渗透出恶臭的花，这朵花牵系着无数生命的血管,它不靠绿叶衬托,它也无需来路不明的顶礼膜拜。这朵花日渐壮硕,它的欲望亦如同它越来越难看的花盘终有一日露出了内在面目,脱下了花的形态的伪装面具。原来这是一块张开血盆大口的脸,是可怕的武器。就在眼下,这颗宇宙中的蓝色眼泪,作为璀璨而难得一见的风景映入阿姆斯特朗博士的眼帘里。这朵滴着猩红血液的奇葩正在这浪漫的蓝色伪装下悄然绽放。他想起了更多。人类的历史连宇宙的一瞬都不及。

爱情的无底洞。

无论什么,都不存在绝对的外敌,毁灭总是来自自身。

抵抗只会遭到报应。

什么都是有限的,只是我们想象不到这种有限。

时间有限,总有一日,时间的轨迹会断裂,芸芸物质乘坐的列车将跌下无可言喻的深渊。那深渊中,我们不知道有什么。是一片黑暗,抑或是一片苍白。有光,抑或是什么也不存在。总之走到尽头。

大师的意识也是有限的,大师的时日也是有限的。

阿姆斯特朗露出了笑容,犹如无底洞。他的笑容,精湛得看不出一丝破绽。

科学能解释爱情和命运么?

所有的运载体已经完成卸落,飞船临近月球。这颗荒芜的卫星展现他们的面前。

突突运转的承重机械爪在飞行器下张开。

安全降落，我们到了。

:18

"我们都明火执仗地来到这个世界上，可不能暗渡陈仓地回去。"
亚特伍德说罢便起身向门口走去，还未等他伸出手去拉开门，门就被怪
兽撞开了。

他竟然变成了阿姆斯特朗博士的模样。阿姆斯特朗博士的面相作出
如此惊恐的表情真挺滑稽的。

"出事了。"怪兽眼巴巴地看着我们，我和导师对望了一眼，三人便
朝楼下冲去。

"什么情况？"亚特伍德冷静地问，他跑在最后边，脚步迈得不大，
看似毫不慌张。

怪兽没说话。在前引路。

我们经过走廊，经过长长的旋梯，来到大厅，直朝大门方向而去。

我往身后望了一眼，藏书丰富的高大书架，实验桌和仪器摆满的大
厅，远处的火箭则消失得无影无踪。火箭的消失，让我的心横陈一空，仿
似缺少了什么最重要的东西在这个空间里。此时的实验室不再是那个彼
时的实验室了。

来到庭院，视野瞬间开阔起来。阳光明媚，森林一片苍翠，风过处簌

簌作响，林波浩荡。没有一丝不祥气息。

"看。"怪兽指着草坪。

我和导师走近观察。

一个突兀的图案，边缘似被火烧过，线宽约手指粗。

图案貌似是一个烈焰印章，盖在嫩绿的草地上，覆盖处都烧成灰烬，肮脏不堪，却没有灰烟冒起。似乎残烟已经散尽，是很久前留在草地上。

图案上，长椭圆状镜子，一只狼头从镜中伸出，尖厉獠牙狠狠穿过鹿脖，似乎将所有的力气都灌注到那两颗似镰刀而更胜似镰刀般无情的獠牙上。

这一静止的杀戮图案，令我们三个人伫立在原地。没有吭声。

怪兽说："刚才，我看着博士的火箭升空。当发射时产生的烟雾都消散后，我正打算去实验室旁的厨房为你们准备晚饭，关门时，一声巨响从我身后传来。我跑回去一看，就看到这个图案。"

"巨响？为什么我们没有听到。在火箭升空之后，没有多余的令人提起警惕的声音啊。"

导师眯起眼睛，充满隐含意义地质问着怪兽。

约瑟夫从城堡里跑出来，停在我们身后，无言地看着地上的黑色图案。

怪兽无辜地摊开双手，摇摇头，说："这我就不知道了。"

他看到约瑟夫来了，又转而变成约瑟夫的样子。

我走近端详着这个图案，似乎在哪里见过。

走廊。

一面镜子，镜中的狼，镜外的鹿。

但两者的关系竟变成了杀手和猎物。

（正如你所看到的那样！狼代表着叛党，而鹿代表着正义的一方。）

"历史的悲剧总是重演，这就是历史发生悲剧的原因。"亚特伍德口中喃喃有辞。

我不解，"什么悲剧？"

"大师曾经发疯。"怪兽冷静地吐出一个句子。

我倒抽了一口凉气。

亚特伍德说："似乎，这次叛党的行动，以及他们的目的，远非我们想象的那么简单。"

:19

天空的照明灯被拉启，一片无边的柔光普照大地。

我感觉到昨晚是我休息得最好的一次。没有梦。

意识的世界在停止运转的过程中，没有风，没有浪。

我撑起身子，柔软的沙发就像一朵为我量身打造的云，借用沙发的外观而存在。

树和人不同，当我们一出生，童稚就逐渐远离我们。不如说是逃离了我们。我们变得优柔寡断，自私，易怒。我们屈服于黑暗情绪。有时黑暗成为光荣。屈服于被世界侵染得一塌糊涂的另一个自我。我们本来就不是干净的存在。

阳光透过方形窗户洒在木屋内，温馨融融。

我像是一个小女生，而作为猎人的父亲已经早早地扛着猎枪又走进森林开始狩猎了。母亲也许正在厨房里烤蛋糕，为我准备一杯新鲜的山羊奶。

"早上好，妈妈。爸爸呢？"

"他去打猎了。我的乖孩子，先吃早餐吧。"

我想到童话。童话故事简短，团圆，干净。它包含着最简单的剧情和最纯粹的感情。简单的事物如此容易打动人。可我不曾记得什么拥有美好结局的童话了。大灰狼也许真的会张开血盆大口将小红帽撕碎，然后将她的尸体埋进潮湿的泥土中。手指僵硬，以充满隐喻性的手势指着乌云笼罩的上空，给擅自闯入这块禁地的迷路者指引一个错误方向。

魔镜，魔镜，快告诉我，这个世界上最悲伤的人是谁？

容不得我再胡思乱想，怪兽已经在厨房等着我，他朝我叫道："明珠君明珠君，我新做的狼角面包。"

"狼难道有角的？"说到头部，我下意识地用手摸了摸我头上的金刚圈，我已经完全感觉不到压迫感和任何的不适。它戴在我的头上，似乎只是事务性的存在，不对我的生活和神经产生任何负面影响。

（真是个好钢圈儿。）
（谁告诉你那是普通金属制成的？）

"狼原来是有角的，但自从……"话音未完，他停止了讲述。这倒勾
起了我的好奇心和欲知后事如何的胃口。

好奇心。

"后来怎么样了呢？"我问道。

果真是这样的早餐。银制餐具里准备了三个大小适中的狼角面包，
玻璃杯里盛了五分之三高度的奶。

"那是狼奶。"他向我解释道，我喝下一口，感觉甚至有些飘然，狼
的柔性和浪漫气息通过这馨香的奶味滑入我的潜意识。

（被撕裂的小红帽的尸体插在土壤中。）
（大雨侵蚀白骨。阴冷光芒。）

"在很久以前，狼是有角的。那是一只月牙形的独角，仿似一只号，
不过是倒了方向。狼角非常漂亮，它不同于鹿角的华丽，不同于独角兽
的矜贵，也不同于犀牛的野蛮，那是拥有独特气息的角。浪漫而又充满
硬朗之气。但规则似乎也沿用到狼族的身上，母狼是没有角的，就跟现
在的狼一般。所以说不再有狼角的是指雌性狼群。当时，雄性狼通过角
斗来决定一个族群中的首领，那是残酷的搏力，通常会大程度伤及失败

者。虽然在一定程度上得不偿失，但是这样决定族群首领的方式是自然形成的，无法违抗和改变其中的规则。这也是最硬性最有说服力的方式。战斗力说明了一切。毕竟狼的社会不是依靠脑力取胜，说到底了，还是最原始的体力。也就是暴力。在狼的世界里，乃至任何动物的世界里，规则就是，一切分歧都可以最终由暴力斗争决定。暴力斗争，也决定了有一方绝对胜利，落寞的一方则成为输家。自然法则我们无法改变。就像我们的体内有血，那必定是要外流的。也正如我们的心灵，必定是要被伤害的。反方向来说，万物都拥有两面性。人类在进化的过程中，获得了高智商，也就是智慧。既然我们拥有智慧，那也决定了，我们必然是要创造一个文明世界的。那恐怕是某种罕见的景观。这点毋庸置疑。每一个宇宙都恐怕会发生产生生命的巧合，这个巧合倒非是纯粹的巧合，是必然发生的。这样的巧合拥有必然性。每一个黑洞联系着一个全新的宇宙，就像DNA的锁链形状一般。而至于其他宇宙中的狼是否有存在角这一点，我不得而知了。"

　　怪兽今天又变回了我的模样，他津津有味地向我解说着，我慢条斯理地享用午餐。
　　森林里美好的清晨空气。
　　鸟儿早起，骄傲地展示歌喉。

　　（那只埋在土壤里的断掌开始扭动，惊跑了爬过指甲尖端的一只巨大黑蚂蚁。）
　　（狂风吹过，落叶擦过地面犹如一根根斑驳漆黑的火柴在地道里被擦亮。）

（黑蚂蚁浑然间失去了意识。死亡。跟着干瘪的落叶随着狂风被吹向什么匪夷所思的，黑暗空间。）

"接下来呢，狼的角是何以消失的？"

怪兽将盛装着狼奶的瓶子放回橱柜，坐到我跟前，眼下的桌面，被擦得过分发亮。

"在一个月黑风高的夜晚……啊，对不起，这个场面烘托显得有点俗。总之，有一天，发生了超越伦理和种族意识的出轨异事。"他的语调颇为神秘。

我放下杯子，任狼奶滑过我的舌头，驱赶干涩的口腔气息。我轻轻皱起了眉头，期待他往下说。

"一个势力最强大的狼族首领爱上了一只鹿。"

（那只手破土而出，势如破竹。）

（那竟是一只头上插着会自己舞动的手的四肢怪物。）

（全身鬃毛黑色。菱形状眼睛流下紫色稠腻液体，倏地一声消失在森林中。）

（那只手指着一个方向，控制着怪物的行动。它奔跑而去。蹄声响亮，犹如惊雷。）

　　"对，结果它们私奔了。第二天大清早，群狼无首，一片仓皇。那是难得在白天听到一声声让人觉得心寒而恐惧的狼嚎的时刻。于是，狼族里又发生了血战，公狼们纷纷开始向对手发起挑战。一些怀孕的母狼躲在岩石后方。那是逃跑的那只首领狼的妻子，她十分悲伤，发疯似的用头撞着一棵粗壮的老树干，结果导致了流产。而公狼们仍目中无她地进行残酷的权利斗争。而悲剧不止是此。公狼们在战斗的过程中，用角对撞时，角竟开始纷纷碎落，这令它们痛苦不堪，犹如被硬生生阉割，甚至超乎其痛苦。那种身体的一部分轰然崩溃的痛苦不是一般人能想象得到的。况且那角在头部，联系着最敏感的神经中枢，这剧痛，就可想而知。"

　　我扭曲着表情，怪兽继续说道：

　　"就是这样。仿佛被施了咒语般，当太阳升到天空中的最高点时，大地被炙烤，所有公狼的角都开始粉碎。狼角的中心出现一个窟窿，裂痕从窟窿向四周快速延伸，仿佛病毒蔓延的速度，疾速间，角就像碎瓦剥落到地上。俨然精致而脆弱的玻璃制品从高楼上被砸下来，支离破碎。而碎裂的狼角落到地上后，都自动化成了烟，暗绿色，滋滋响，随即消失在空中。太阳像是执行惩罚任务的执行官，无情地将大地的温度不断抬高。被粉碎了角的公狼们纷纷倒下，昏厥过去。到凌晨午夜时，才惊醒。所以每到月圆夜晚，它们总会到悬崖顶端，迎空嘶嚎，为了纪念它们逝去的角。它们恐惧太阳，所以针对月亮。"

　　我感觉不可置信地看着他。

　　怪兽笑笑，说："当然，这只是无数传说的一种。最合情合理的一个，至少我相信这个传说。"

　　他站起来，开始清理，用一块抹布擦了擦桌子，说道："后来那只狼和那只鹿再也不见了踪影，也没了消息。传说中也没有对它们后来的事情进行交代。"

末了，他及时补上了一句，"传说，都是没有续集的不是？"

我深深地陶醉在这个神秘的关于狼角的传说中。

在他的催促下，我赶紧到那个只摆着一个孤零零衣柜的房间里换了一身干净衣服。衣柜上的纹饰像是不断生长的鹿角。还有一只未见过的华丽烈鸟。

我透过镜子看到怪兽突然出现在门口，被吓了一跳。

他说："那是凤凰。凤凰其实都是雄性，你可有听说过？"

我转过头，向他投去质疑的眼神。

他说道："这个后来有空再和你说。旭日东升，我带你去上课吧。亚特伍德老师在逆流瀑布等着你。"

说完，他向我抛了一个没有电力的媚眼。

:20

我们走进森林。

松软的泥土散发芬芳香味。

我跟在怪兽身后走着，我总是不能和他并列齐肩地行走，因为他总是会超出我一截路的距离，似乎在他看来，这才是领路人与被指导者之间所该保持的最佳外在距离。

各种品种不同的树木都以参天的架势高高在上，阳光却总能充盈地照进来。地面其实存在一定坡度。忽而大，忽而零碎的石头。有的长满一层厚厚青苔，抑或是随意地像玻璃珠撒在灌木间。

我看到一排长着茂密而细长树叶的灌木丛在簌簌摇动，像一把用绿叶装饰的大蒲扇。一只毛茸茸的灰色野兔从灌木丛间蹿出，动作灵巧而十分警惕，它的两个小爪子挠在胸前，脑袋转悠着，但是看到了正在行动的高大的我，似乎是探测到危险，便一溜烟消失在树木后。

怪兽转过头，对我说："刚才说到凤凰，是么？"

我说："是。"

尘埃纷扬，如此无助地飘在清澈光束中。

"古代的传说是这样的，"他抬高了些许声调，继而说道："凤凰是百鸟之王，所谓数量称为百，意思其实一目了然，就是所有鸟类中的佼佼者。无论是外貌还是其象征意义上，都占据着金字塔顶端的位置。而鸟，在人们的潜意识当中是女性化的。就是柔的一方面。凤是指雄性，凰是指雌性。虽然这是古人虚构的产物，但他们虚构的眼睛是带了有色眼镜的，换句话说是他们想象的眼睛不够清晰。其实凤和凰都是雄性的，只不过凰是代表了阴柔面的男性。但古人的观念十分古板与传统，认为男性是至刚，体力的象征，而帝王将相也必定归为男性的身份。这是一种没有恶意的思想误导，说其是偏见其实不然，不过这是一种错误的观念。"

　　我仔细地听着，不时有鸟鸣从高远的空中传来，我抬起头，除了偶尔刺眼的阳光和摇动的树枝外，连鸟的影子都没有看到。

　　"性别在广义上说，只有两种。但是性别仅仅指的是身体象征上，而若将性别贯彻以精神上的固定模式去看待，就是愚昧的表现了。难道不愚昧么？雄性是阳刚的，而雌性又必定是阴柔的。亦有部分雄性其实是柔情似水的，而部分雌性是刚硬爽朗的，这又有什么奇怪呢。总说这个男人真女人，或者说那个女人真男人，这实在是一种根深蒂固的集体意识的错误导向。说出这样的话来，如此无知。大师认清了这一点，他试图修正这个绵延了人类历史几千年的集体观念错误，但是有功却徒劳。但他坚信，集体意识的错误是会随着历史潮流的前进而逐渐被自动修正的。舆论的指向性是会不停改变的。连社会的性质和文明的进步都是在不停的发展和变化中，趋向更加完美，更为妥当。"看着和我长得一模一样的怪兽像模像样地说着这些令我几欲要摸不着方向的论述，有些微妙的感觉从我心底里滋生。

　　我抬头看到一片片轻扬的浮云被描上了光边，宁静而祥和。这片森林似乎从来不受外界的侵扰，与世无争，从历史开始的一刻起，都保持着和平而和谐的幸福气氛。

　　"时间的发展会给世界带来幸福。在时间走到那一刻，我相信这个宇宙会消除所有物理和精神上的扭曲和偏见，达到短暂的完美状态。"随后他送给我一个完美笑容。

　　我说："其实我一直在思考一个问题。"
　　怪兽没有停住脚步，继而向前走，我这才意识到我们几乎是在笔直前进。路途中他也没有丢下什么类似面包屑的东西或给树枝系上光鲜艳丽的丝绸，似乎他对这条路径烂熟于心，了如指掌。他反问道："什么问题？"

我老实地说："是关于那只狼和鹿的。"

怪兽哼了一下鼻音，说道："你对这个传说似乎很感兴趣。"

我说："不然不然，我只是觉得诡异。你还记得么，昨天在古堡前的草地上看到的图案，正有一只狼和一只鹿，而那只狼正在残食着鹿。面露凶光，让人起疑。"

怪兽说："哪里有什么令人起疑的地方？食素动物注定是要成为食肉动物的狩猎目标嘛。"似乎理所当然的语气。

"可是那只狼怎么会爱上一只鹿，而且那只鹿也没有做特别的说明，仅仅是一只鹿而已。这个广义的象征也太模糊了。这给传说披上了一层不可言喻的不安全感。那只鹿来路不明，到最后把狼给色诱走了，也去向不明。实在是奇怪啊。"我挠挠脑袋，手指碰到了金刚圈。

"那你的疑点究竟是什么呢？"怪兽问。

"镜子。"

怪兽突然止住了脚步，回头望着我，表情神经质。

我感到一阵微微的凉意漫上口腔，他似乎在警惕，抑或是在警示我什么。

我赶紧住口。

他说："你觉得狼是透过镜子咬着鹿的。是那个图案令你费解，而并非那个传说中始终没有做交代的鹿给你带来疑惑。"

我惶恐地点点头，表示他参透了我的想法。

果真是这样的。图案中的那面镜子起到了什么样的作用呢。我想起地毯上的图案，我这才清晰地记得。原来狼和鹿隔着镜子，似乎是来自两个异端世界的人，透过这层镜子，这层隔膜，平静地对望，似乎在彼此心间，爱意燃生。但被迫不可相亲，只能是精神上的有所共鸣，意识空间里有所共舞。最终，在某一个时刻。（某一个不确定的，时间列车必定要经过的站台所代表的这个时刻。）当这个机会点一到，那面代表着种族歧视意识和笼统代表两个种族之间的观念隔膜的镜子被打碎，说打碎不如说消失，但是镜框仍在。但毕竟，两人得以相亲，进行肉体上，最纯粹的相互缠绵。但是天气骤变，好景不长，本性最终战胜理性，狼残忍地咬下鹿的颈脖，鲜血流出。那是肉欲，最原始的杀戮天性，甚至于比性欲更原始更强烈残忍的暴力之心战胜了虚假如泡影的爱情。鹿奄奄一息。它们最终都摘下了虚假的浪漫面具，爱情不能说明一切，爱情敌不过最原始的冲动，最原始的欲望。爱情只是一把能打破规则的锤，一个驾驭在两个宇宙之间的蛀洞。而当两个宇宙相撞时，物质必定要发生爆炸，本性暴露赤裸裸。地毯上的图案，似乎是一个故事的前传，是一个相互遥望而不得相近的恋人之间的暧昧的，美好的爱情铺垫；而草地上的图案，则是挑战观众心理极限的真实的故事结局。那是生活的本来面目，那是我们作为生物不可避免的本能。故事的结局，是血腥的，邪意战胜善良。历史还太短，邪不压正频频上演是邪恶在做妥协让步。邪恶正在嘲笑正义，终有一天，邪恶会发挥真正力量，让正义好瞧。万物存在对立面的同时，也是公平的。公平，只是意识层面上。在物质层面上，公平则不是各百分之五十的分配。所以最终反物质取胜还是正物质取胜，都有待考量。

　　"别想太多，摒弃一切杂念。"怪兽说道，我便停止了脑内逐渐混乱的思考。

　　（那个头上连着小红帽断臂的怪兽又回来了，它没有现身，在暗处用猩红可怕的双眼盯着你看。小心了，危险在埋伏，你需要足够的力量去消灭这些隐患。怪物的眼睛开始流下眼泪，但并不代表着怜悯。那是生理反应。若流泪就代表悲伤怜悯，那也是一个错误的集体意识观念。我们总需要通过多方面去考量一个动作，一个事物的存在性及其包含的意义。但邪恶是无需考量的。那是反物质存在一般。破坏力无穷，始终未露出真身。）

　　森林间的树木逐渐稀疏，我的双腿在接近机械化的运动中并没有诉苦叫累，已经听不到鸟的鸣啭声了，而我未曾怀念鸟轻灵的歌唱。

　　我们走出森林，一片紫色竹林展现在我面前。

　　我甚是感觉不可思议，上前几步，终于在平行方向超过了怪兽。他将两手背在身后，满意地看着我的吃惊。迟缓移动的步伐。

　　笼罩在紫竹林的上空是一片淡淡烟雾，烟雾中的尘埃都通过光的反射变成紫色。每一根竹子都长得很高，修长的身躯仿似都经过了园林师精心的配栽。紫竹倒不是清一色的发紫，否则就油腻。小巧而轻柔的竹叶都偏银光，原本的光泽。其中点缀着几片橙色的竹叶。

"回来时，给我拾几片橙色的竹叶，那是非常稀有的，用来泡茶非常好喝。"他还强调，"而且养生。"

说罢，他招呼我进去，"你只需笔直地向前走即可。放心，没有野兽，没有毒蛇，对你来说走这段路和刚才一样，是极其安全的。当时辰到来，我会在这里接你。"他给我做了一个鼓励的手势。

我向他表示感谢，露出一个简单的微笑。

接着，我迈着坚实的步伐，向紫竹林深处走去。

Chapter
Three
第　三　章

:21

仿佛进入一个紫色梦境。

残光掠影在地上斑驳地铺陈开来，每看到橙色竹叶我便弯腰拾起，有时看到隐藏在下面甜睡的小竹节虫或蚂蚁，又轻轻给它盖上。

我将手插进口袋，百无聊赖般，哼着口哨，也记不清曲名，只有节奏，自然发生。

我的脑袋里给断断续续地填上了以押韵为主的词。

这样打发时间，吹着清凉微风，体贴地感悟着阳光让我领悟的温暖的真谛。逍遥游。一会儿我便听到了水流声。

由远及近，像一根美丽的手指在钢琴中音部分来回演奏，音乐悦耳。

我的精神逐渐兴奋起来，好奇即将被打破。加快了步伐，向前走去。

散落的竹叶被我踩过，发出一种界于骨头断裂和饼干破碎之间的清凉响声。但这声音中并没有诉苦与抱怨的成分，我便感到安心和舒畅。

一条石径逐渐显现，长方形灰色岩石只是被打造了形状，稍显得弯曲地埋在泥土中。我看到一片橙色竹叶夹在石缝中，便弯下腰拾起。竹叶的边缘并非锋利，倒显得极其滑柔，犹如刚迎接光明的新生儿，睁开童稚的双眼。

走到石径的尽头，水流声清晰入耳。一个比紫竹高出两倍的瀑布展现在我眼前。瀑布果真如其名所说，是逆流的。水流来自一个普通游泳池大小的环形湖瓣，在瀑布与湖的接触面并没有激起白色水花。两者衔接得极其妥当和极尽柔情，如同一团丝绸被找到了头，搭在一张岩石椅上。我穿过光秃秃的沿岸，来到池边，清澈见底，是真真切切的清澈见底。没有鱼，相比这样非同一般的竹林内隐藏的水池，也是不会有在一般水池内都能见到的生物的。而在其中游动的，若不仔细观察，还真瞧不出来。

水母。

极其普通的水母，几近透明的半壳状身躯下扭动着胡须一般的身子，是个舞姿极其高贵的舞者。水中的舞蹈公主。

亚特伍德坐在水池中央的一个裸露圆石上，等候着我。他穿着白色長衫，胸前開衫口朝右，一種與世隔絕的智慧氣息便顯露出來。但他的五官和身形還是仿造了我的模樣，這令我感覺是怪獸突然換了一身衣服就坐到上邊，來和我進行錯覺戰。不免令我覺得甚是奇妙。

我涉水而過，當水漫到我膝蓋以上部位的時候，就抵達了在他對面另一個突兀出水面的原石平台上，盤腿坐下。我的左側是瀑布。透過餘光看過去，似乎再過去幾步，水的深度就變得不可預知。即使水是極其乾淨和透明的，水面上幾乎沒浮著竹葉，但還是顯得深不可測。水母似乎都從那深淵裡出來，仿似那深淵下沉睡著什麼巨大的怪物，那一上一下動作機靈的水母就像是那怪物呼吸時冒出的水泡。

我將全身放輕鬆，等待導師的指令。

"合上眼睛，深呼吸，將聽覺化為極簡。"他說。

我將兩手交握，自然垂在身前。深深地呼吸，吸入一口充滿竹林味道又帶著水香的空氣，清新撲鼻。

"我們作為生命體，進化到現階段的程度，已經擁有了屬於我們自己的智慧，創造了屬於我們自身的文明體系。我們至少能做到了控制。通過特別的方式，將知識傳授給下一代，並希望下一代能發揚光大，讓文明的長河源源不斷。教育，若只通過知識的傳授，是顯然不夠的。所以外界社會的文明一直以遲緩的步伐發展著。他們不懂得我們作為高級智慧生命體，在這個宇宙中享受著至高無上的待遇，這需要一個精神覺醒的過程。一些文明的古老書籍中，有的管這叫悟道，有的管這叫靈性升華。怎麼說都不足為過，但是實際能清晰地明白其步驟，親身體驗並且成功的，寥寥无几。皆是空谈，纸上谈兵，自认为高尚。各种各样的思想门派和体系产生了。异端的产生，意味着开战。更是错上加错。因为不能做到妥协和一致，人们在无谓的斗争中浪费了太多宝贵。说到底，真正的教育是以传授经验为主，知识为铺。知识是死的，而经验是灵活的。"他的声音似乎从亘古而来，又似乎是我的脑内发出的语句。我全神贯注地聆听着，感悟其妙处。

我轻轻点头。

他问道："你知道这瀑布何以逆流？"

我说不知。

他解释道："这是独一无二的瀑布。因为在这个竹林内，重力场不是一致的。在这个瀑布的范围内，它的重力场与我们是颠倒的。换言之，若你走进瀑布的水流中，你便会被倾倒，而你不会感觉到任何不适，不过在转换的一瞬间，你会感觉到刺激。"

我睁开眼睛，看见一片橙色竹叶乘清风飘落在水面上，漾起一圈似少年的笑纹般若隐若现的涟漪。

亚特伍德不发话了。水流声似一首写好了谱子的短曲，不断地在重复，流淌。这是自然的音乐，不需要多余填词。宇宙是有情感的，它会爱上另一个宇宙。它们彼此之间只需要打破抽象的镜面。而宇宙的本性中是否也充满了暴力因素抑或是狂烈的欲望，我不得而知。我只是听到，从竹林的波浪声中，从水母在池中的游动声中，从浮云裂开飘至远方的声音中，我只是听到。听到了宇宙正在传达它的爱意。通过某一个虫洞，传达至另一个宇宙的心中。

叛党并不是一个由人组成的有纪律有法制的组织，而是一个大脑在随机控制，发布指令，进行任务，达到其深不可测的目的。

"明珠君，"他叫着我的名字，"我和你的心达到了共鸣。在这个竹林内，我们彼此对立而坐，你我的心声能不通过语言交流。合上双眼，通过像刚才那样的交流，并将外物一并忘记，就是我授课的方式。这样的感觉可好？"

我通过意识向他传达同意的讯息。

亚特伍德莞尔一笑。

他说："你知道么？你有一颗敏感而脆弱的心灵。"

我意识的视点以超越时间的速度在快速地前行，试图寻找一个合适视角。我如坐针毡地感悟着过山车般的快感，这一切仿似一个通过智慧体悟精神魅力的游戏。我没有回忆，这使我没有包袱。我尽情地享受游戏的过程。享受以超越时间的速度在进行意识的飞跃。

而最终没有找到目标，我猛然间睁开眼睛。我自责地蹙起了眉头。

（刚才你分心了，你想到了什么？）

一只水母盯着那片橙色树叶向我身后游去，它们没有任何精神之旅的经验，它们没有智慧的大脑。

（怪兽黑色的鬃毛像是一根根针，浑然间竖立起来，愤怒的烈火碰着了炸弹的心肺突然爆裂。狂风滚过茂密的森林。怒号。）

　　"首先，经验的函授只可能在冷静的思维状态下进行。"亚特伍德用念诗般的语气说道，"这点尤为重要。"

　　我表示赞同，再次合上双眼。我试图忘记和躲避心中那团挥之不去的阴影。那个黑色鬃毛怪兽，它试图要再向我发动攻击，而它只是拥有气势上的威力。狂风急骤，恐吓着我。而它迟迟不行动，不真正地扑到我的面前，向我张开它那也许长着几排环形烂齿的黑暗大口。

　　（导师保护着你，大师保护着你。任何对你进行的侵入都是徒劳的。大可放心。）

　　我的精神视点在一条环形隧道中快速地前进，以直线的路径寻找着观察点。

　　途经一片荒漠，风沙在空中弥漫，发出空洞嚎喊。一具白骨从沙丘的顶上裸露出来，又迅速被埋没在沙堆中。

　　经过一个火山带，黑色的山地在蠢蠢欲动，碎石从山体表面滚落，经过一阵磕碰和颠簸随着重力方向一直下落。颗颗硬瘤像痣。终于，岩浆像一个巨人沸腾燃烧的呕吐物从口腔中喷涌而出，伴随着弥天的骇人尘雾，滚滚而去。一声巨响震撼感官。尽是岩体砸落大地的声音。

　　而这景象又瞬间消失。我看到海啸席卷了一座贫穷的沿海城市。一刹那间，巨大的水幕像是一把无情的巨斧粉碎了无数房屋。海潮退去，仓皇失措的幸存者全身湿透地吃力站起，绝望的眼神中带着不知所措的惶恐，犹似又一把巨斧，将心砸得粉碎。

　　停止。

　　速度归零。

部分暗物质发出光亮，聚拢成一朵花状。没有香。

　　"今天只是为了让你体验其中的妙处，真正的函授从明天开始。"亚特伍德说道。

反思。

报应。

灾难后，重建家园。

战争后，签订协议，处理战俘，惩罚战犯。

我不明白我们是如何接通意识以致能达到他所说的"声心同鸣"的程度，但这一切就如同这镜中世界的一切神奇曼妙。

你知道么？你有一颗敏感而脆弱的心灵。与此同时，它也是孤独的。

和煦的阳光依旧照着我的脸庞，阻止了我想流泪的冲动。

而大师是注定孤独的。

我决定不再多想，告别了亚特伍德和水母，我未曾尝试去拾起漂浮在水池上的那一片橙色竹叶，唯恐会惊扰到什么。导师告诉我，那片叶子，相比其他的橙色竹叶，更加的独一无二，因为它飘落在水中，而非陆地。

那也将成为经验的一部分。

穿过石径，到达紫竹林的外围，沿途我又走运地捡到两片橙色竹叶。天色渐暗。夕阳余辉。像不经意间泼上的水粉。

怪兽准时在等我，他朝我微笑。我们之间没有交流。依旧是他走在前，我走在后。

回到木屋时，天已经暗了，天空中繁星点点，犹如流浪的远灯。

我开始想念起一个身影，那个身影从海啸退去的大水中抬起头来，那个少年，他清澈的眼睛，像那片只浮游着水母的池子。他金色的头发下完美的脸庞，令我印象深刻。这是今天的意识旅行中最令我印象深刻的一点。

意识旅行是不会超过宇宙边际的。

无论如何，我相信，我会找到他。因为我发觉在那一眼间，那超越了时间速度的视觉旅程中，那看尽了天灾地难的庞大视界中，唯独少年这一个渺小的身影，被我从大千世界，千山万水，茫茫人海中望到。

这一眼，令我第一次感觉到……

:22

阿道夫大汗淋漓，从潘密拉的身体上获得两次快感后，他感觉到精疲力竭。

胡乱地将外套穿上。

他拉开车门，一阵夹杂着雪的狂风灌进来，他搬起潘密拉的身体，丢了出去。而他险些因为连带的惯性一齐跌入车外。

他观察到天色微凉，轿车正在一片从荒凉地带修建出来的公路上疾驰。远处似乎有一条火车的轨道，火车头冒出的滚滚黑烟向后方涌去。

无论在哪个时代，高潮的感觉是不会变味的。

他关上车门。

人间如此性欲横流。

倒头昏睡过去。

浓重的甲烷气味灌入鼻腔，他的视线模糊起来。隐约中，一盏悬吊在头上的灯泡连着一根麻绳摇摇欲坠，将这个密闭地下空间里一切物质的影子映射得摇摆不定。三角形黄色警告牌贴在墙上。上边写着"NO SOKING, NO FLAME LIT."字样。

这是哪儿？

他站起来，意识恍惚，他的脚是跛的，左脚膝盖上的骨头似乎出现了一条裂痕，神经聚集的端口裂开，一阵撕扯般剧痛令整只脚瞬间麻痹。

他跌倒在地，用一只手撑着肮脏地面。他看到一根锈迹斑斑的铁轨，上边摆放着几个空洞的纸箱，积满灰尘的锤头，钉子，螺丝，扳手，各种机械用具。还有一些写着外文的盒子，里边装着什么东西，图钉之类。除此之外，还有一面镜子。

视线逐渐清晰。

越来越多的甲烷气体灌进肺室。

他透过镜子，看着自己。一个老头。他戴着一顶安全头盔，自己就像一个坠入洞穴的不自量力的摩托车骑手，特别的是，头盔正面镶着一盏灯，像是砍下了手电筒的头颅将其安插在一顶灰不溜秋的老式工程帽上。

他回忆起来，刚才他走出家门，走出家门前呢，肚子饿着，似乎没有进食。因为妻子正以难看的睡姿抱着被褥在沉睡，一只脚搭出床沿，悬在空中。

他想我已经很久没有和这个老女人做爱了。

走出家门后，他直接开车来到工地。作为监工。这个正在进行煤矿挖掘作业的基地。

一些人和他打招呼，可是他没有理会。他径直走入电梯，拉上闸门，发出刺耳的声音。

甲烷的味道越来越浓，似乎有人关闭了排气扇。有个混蛋。

他支撑着身体，试图站起来，可是左脚传来的剧痛限制了他的行动。本来就已经上了年纪，加之这脚莫名其妙地受伤，可不见血迹，不见伤口，似乎伤口在视觉的死角处。他随手拿起铁轨上的一把斧头，他挪动着身子，到了门边。他用另一只空出的手拉住了门环，用力一推，无用。用力再一拉，无用。他跌在地上，靠着墙，长舒一口气。

他后悔了，他不该进行用力的呼吸运动，因为空气已经不多了，而这致命的气体正在快速地弥漫。

他愤怒地用榔头砸向铁门。

在榔头与门接触的那一霎那，跳出了一粒闪闪发亮的火星。

阿道夫猛然清醒，他迅速坐了起来。汽车突然一刹，他向前倒去。

一阵强烈光线灌满车厢，两个彪形大汉将他拉出车体。当意识仍在走向清晰的过程中，一粒惊悚的火星从眼皮给瞳孔展示的黑暗世界里跳过，仿佛黑暗里划过的一颗肥大的流星。

他被丢进了一个麻袋里。

经过一段路途后，阿道夫被带到么龙君的事务所外。

他被反绑着双手从轿车里拖出来，膝盖划着路面前进。

么龙君坐在轮椅上。

大汉们见到么龙君瞬时将阿道夫松开，他面朝地，狠狠砸了下去。

阿道夫撑起上半身，脸上尽是瘀青和紫色暗伤，鼻孔流下一条猩红血迹。

么龙君眯起眼睛看着这个老人，不带任何感情色彩地说道："叛党是一个大脑，他是被控制的。"

"当然，"他环视了一圈四周的部下，耸耸肩膀，"如果你们中的谁对他仍旧有兴趣的话。"

:23

怪兽已经做好了晚餐，我在餐桌旁坐下，他多点燃一支蜡烛。

"想必今天走这么长的路，累了吧。"

我说是。说罢，真是如此。我别过手去摁着后颈脖处，一阵酸痛，就像一个金属夹子被卡在骨头上，狠狠地压制着。

烛光平静，令我们笼罩在一片柔和的橙黄色光线中，一派浪漫温馨。

橙黄色。

我赶紧放下刀叉，将口袋里的橙色竹叶小心地拈了出来，摆在手心上，给怪兽递了过去。

他笑笑，说："其实这些竹叶根本没有泡茶的作用，它们没有任何的作用。变成黄色只是因为它们营养不良而已。对不起我骗你啦，还令你弯腰那么多次。捡着挺辛苦的吧，恐怕寻找也费力，也许还分了你的神。但是我这是出于好心啊，为了消解你在路途中的恐惧和无聊。毕竟你是第一次独身一人进入紫竹林。"

我说："没关系，这样挺有乐趣的，明天我还这么干。除了哼着歌，在脑海中应景写诗外，实在没有什么可做。"我将橙色竹叶放在蜡烛下，归拢一处安置好，"既然如此，我就在来来回回的途中收集它们，也算是做成一件事，到头来能搜集挺多，心情一定大好。"转念间，我问道："不过为什么穿过紫竹林，只能我一个人呢。"

怪兽说："因为我从来没进去过，大师不准闲杂人等进入。"

我又问道："难道你算闲杂人等？"

怪兽撇了一下嘴巴，"当然，接下来要继任大师伟业的可是你，不是我。我只是个导游。尽职尽责，照顾好你的起居。算是你的保姆了吧。"

我的保姆和我长得一模一样。

我说："算啦，开饭吧。"

拾起刀叉，看着我的餐盘。他说道："这是水煮木耳。趁你在上课时，我在木屋后的树枝上摘下来的，很新鲜。保证无毒，都是些纯种的黑木耳，我净挑样子好看的摘了，然后用达到沸点的水泡了一遍才下锅的。吃吃看如何。"

味道的确不错。餐盘旁，摆着一杯奶，想必是昨天未喝完的狼奶。我想到狼角的传说。

怪兽说："你可知道一个童话，关于一只木耳的历险？"

我咀嚼着清脆的木耳。散发着淡淡香味。难道是在我食道中的历险？

我摇摇头，他说道："有兴趣听听？"我说好。

窗外一片黑暗，没有萤火虫飞过，树影层叠遮住月光。一片黑暗中只有烛光在摇曳，似乎我们身处一个巨大舞台中。幕布拉起，怪兽的脸从舞台上露出来，光在他错落有致的五官上打下诡异的影子。

恐怕有一天他会和我说其实人类也是曾有过角的，但是因为哪个国王爱上了木耳，于是全人类的角就不约而同粉碎了，带来剧烈的疼痛感，挠心挠肺。

"曾经有一只木耳，它属于粗木耳，形貌本来就不好看，在树枝上趴着经历无情的风吹雨打，更是折磨着它。在一个晴日，一只松鼠爬上了滋生它的腐朽树杆，松鼠的脚不小心打滑，就将它蹭了下来。于是这只粗木耳得到了自由。它沐浴着阳光，不会唱歌，于是它沉默地踏上了历险的旅程。

"它试图寻梦，可是它不知梦想为何物。它在树木间盲目地穿梭着，每看到兔子它都会倒在地上，装死，或者有机会它便会躲到灌木的荫地下。它不知道这些庞然大物家族中的哪一种会对木耳产生兴趣，它可不想刚获得自由就进入什么生物的肠道，然后被胃酸溶解，形体溃灭，历险以悲剧告终。木耳便小心地行走着，一直在思考梦想为何物？

"一只身材肥吞吞的绿豆鸟发现了它，并主动和木耳成为了朋友。于是绿豆鸟衔起木耳，它们到鸟巢里休息，绿豆鸟的伙伴们对这个新朋友感到好奇，纷纷议论起来。这只将它衔起的绿豆鸟似乎是这群鸟的首领，它热情地介绍了这个在灌木丛下看到的流浪儿，于是木耳很快地被这群鸟接纳，变成了它们的朋友。

"阳光高照，森林间空气清新宜人。木耳就这么跟着绿豆鸟们学会了唱歌。

"它对鸟们说，谢谢你们教我学会了唱歌，可是我还要踏上属于我自己的旅程，我要向你们道别了。

"一只幼鸟对它恋恋不舍，因为木耳黑黝黝而毛茸茸的样子实在是太可爱了，幼鸟说，我可以带着你去你想去的地方。

"木耳说，我想，连我自己都不知道我要去哪里，我的梦想在哪里。而且，我的路，我想自己走，哪怕前路中危机四伏并且希望仍在一片昏天黑地中沉睡。

"它表达了感激之情，向绿豆鸟们告别，重新上路。"

我饶有兴致地听着，见怪兽停止了讲述，我抬起头看着他。只见他低垂着头，表情忧伤。我问他："怎么了？"

他说："接下来，是个悲伤的故事。你要听下去么？"

我的预感无非是木耳遇到了宿敌，被吃了下去，而其实不是这样的。我让怪兽继续讲下去。

他叹了一口气，说道：

"接下来，木耳走了很长一段路，结识很多善良的朋友。一些鸟教它唱歌，很多新的曲目，它把每一首歌都记得非常清楚，它唱歌也越来越好听。可它只敢轻轻地哼着，或者在心中默默地唱着，它还是生怕会惊动敌人。虽然它根本不知道敌人是什么。也许螳螂，蜈蚣，青蛙。而它也不知道，其实它没有敌人，森林中的活物没有一只会对毛木耳下口。但这样的警惕性似乎成了它的习惯，它习惯于提防四周的一草一木，甚至细微的动静在经过它的观察和分析后得知其并不存在危险性才继续走。它走得极其小心，也没有再遇上什么热情的朋友。它逐渐感到，自己很孤独。而梦想是什么又在哪里呢？恐怕这样流浪的木耳就只有它了吧。"

"它继续寻找着自己的梦想，可是它不知道，在梦想找到它之前，他遇上了爱情。"

我说："那真好。"

怪兽没理会我，他抬起头看了一眼烛光，蜡烛已经燃尽三分之一，偶尔有蜡油滴下，令蜡烛修长的身段更加优美。烛光下安静的橙色竹叶似乎也在倾耳聆听怪兽的童话故事。

（故事又何以令人们忧伤呢？）

我已经将盘内的木耳吃完，突然觉得自己很残忍，我吃掉了多少只可爱的却无法得到自由的生活，也不知道梦想为何物梦想在哪里的木耳呢。

（因为我们相信，我们相信故事中的爱。）

"某一天夜晚，圆月之夜，也许正是那匹狼和那只鹿私奔的同一天也说不定。木耳在一棵樱花树下休息，在睡意正浓时，他看到了一只萤火虫。然后，它们相爱了。

"萤火虫用它的光芒带着木耳在漆黑的树林中奔跑，它们非常快乐。它们吵醒了在树叶下休息的螳螂，吵醒了蘑菇，甚至连风都跟着它们跑，月亮对着它们笑。玩累了，它们在树根下歇息，木耳教萤火虫唱歌。

"木耳对萤火虫说，你能发光，你真美。

"萤火虫降落在它身边。木耳用身子包着它，它们甜甜地睡着了。梦中，它们在一片蒲公英中游戏着，风依然跟着它们跑。"

我说："这不是一个甜美的结局么？"

怪兽的语调变得阴冷起来，一阵风从窗外的树林中吹过，"一只飞蛾在黑暗中观察着它们。那只飞蛾暗恋了萤火虫很久，它一直在暗中跟踪萤火虫，它知道萤火虫姑娘正在陷入爱情，与一只来路不明的黑木耳。看到两人的幸福，飞蛾的嫉妒心突然燃起了复仇的火焰，它忽然冲过去，将萤火虫咬死了。因为咬住了它的喉咙，萤火虫未发出一声呐喊。杀戮就在这片寂静的黑暗中进行。萤火虫的呼吸停止后，它的光芒也逐渐熄灭了。

"飞蛾骄傲地飞走，结果它撞到了一只潜伏在黑暗中的蜥蜴，被突然射出的长满疙瘩的细长舌头卷入蜥蜴的胃中。

"第二天一早，木耳醒来的时候，它看到了萤火虫的尸体，伤心欲绝。它便拥抱着萤火虫哭泣，它想到，原来，我要寻找的梦想，就是我的爱情。可是这甜美的生活却在我的沉睡中被黑暗之心谋杀了。它没能保护萤火虫遭受杀害，悲剧发生时它正在酣睡中，木耳感到深深的自责和内疚。

"木耳便抱着萤火虫的尸体，垂头丧气地拖着脚步行进。它伤心地哭泣着，死死地抱紧了萤火虫。它再也没有唱歌。

"终于，它累了，它倒下。它抱着萤火虫，也永远地合上了双眼。"

说罢，怪兽抬起头，看着我，他的脸一半陷入阴影中，诡异而不易辨认，"木耳的冒险就这么结束了。后来那只和它结下深厚友谊的绿豆鸟经过，看到了它们的尸体。"

"绿豆鸟对它们做了什么呢？"

怪兽说："什么也没做。也许将它们安葬了吧，这些都是后话。"

这是个悲伤的童话。

我们都一言不发，在怪兽的指令下，我洗过澡后，燃起了篝火，平躺在沙发上。我的思绪一直不能平静下来。那些发生在森林里的故事，时而是悲伤的，时而是快乐的。

听着枯木柴在燃烧的声音，想象着细小的火光跳舞的样子，我沉入了梦乡。而梦的世界也不平静。

噩梦。

绿豆鸟降落在地上，含着泪光看着拥抱着萤火虫的木耳的尸体，尘埃已经遮住了他们。他们的尸体萎谢。而视点再向前快速的移动，速度却并未超过光速。

那是一只狼，吃得饱饱的狼，它的嘴巴里正在津津有味地咀嚼着什么。倒在它跟前的，是一只鹿。只剩下仍然瞪着眼睛的鹿的头首，鹿角的形状像是一只拥有很多根手指的断掌，被火烧尽后变成了黑色，它们意见分歧地指向不同的方向。鹿身已经血肉模糊，甚至白骨裸露。

视点从时间轴上的一个点迅速跳跃到了另一个点上。

我看到失意的狼站在悬崖边，发出一声震天的嚎啸，像是绝望，也像是愤怒。随即，它跳入波涛汹涌的海中。

一只鹰似战机般滑过了寥廓的长空，在海面上盘旋许久，寻找着跳出海面自寻死路的猎物。

油轮撞上冰山。小孩跳下飞机。

这就是故事的结局。

:24

飞行器平稳地降落到月球上，舱内的催眠系统开启，一种带着薄荷香味的气体弥散开来，犹如隐形的雾，悄然间，将阿姆斯特朗博士和约瑟夫都诱进美梦中。他们甜甜地呼吸着。全身由躲在白色软囊里的精度纤维绳索固定在舱室的内壁上，与实际地面呈十五度倾斜。舱内，仍有充足的氧气供给。

因为前期测量的细小误差，飞行器启动了应急智力系统。

飞行器呈金字塔状，普通两层楼高度。此刻它正如同一只灰色的小甲虫迟缓地在没有重力的月球上行进着，它试图寻找一片郁郁葱葱的森林，那里有肥沃的土地，有性感的同胞，清凉的绿荫地，还有潜伏着鳄鱼的池沼地。不过它真正的目标，是寻找深埋在月球表面下的实验室的入口。

一个红色的小孔在金字塔的顶端发射出隐形的激光射线。它拥有引以为豪的本领。它能与实验室出口处的一块宝石产生奇妙反应,它们之间的吸引力,不如准确地说,是它们之间的磁场,无须任何介质就能感应,接通。仿佛两颗心。两颗心之间的吸引力倒不如这个独特的射线装置与宝石的感应能力准确性强。心之间的距离飘忽不定,说远就远了,说近就近了,也可能永远在两个宇宙,之间没有任何洞缺作为通道,时间也没有意外交错,从生到死这段时间段内永远无法交集。这就是人心的魔力,科学禁区,是理论眼光观测不到的死阴地。

飞行器并非凌空而行,它的底盘伸出八只分别拥有三个机械关节的脚爪,如此看来更像一只蜘蛛出轨和趴在老树干上的蝉所生下的结晶。这种杂交产物的外貌被科学家模仿,制造出这样一个独特的飞行器。

顶端的摄影机在不断地拍摄照片,若将耳朵装在光影感应磁片上,并放大一定倍数的分贝,就可以听到密如万蜂轰鸣的快门声。犹如一阵没有间歇的狂风,肆意地卷过芦草高长的辽原。被捕捉的光影成像拥有极高的分辨率,经过一条绿色的线路犹如被提炼了精华又不失去任何香醇本质的牛奶,照片被迅速地分解成数据传递到阿姆斯特朗在镜中世界的电脑里再转换成图像。一张照片的成影,以及传递的过程,发生在一瞬间。这个不可思议的一瞬间不断被复制着,进行流水般工作。

月球表面凹凸不平,荒瘠不堪。这里层峦叠嶂,山脉纵横,却没有河流拥戴。遥望而去,能看到千转百回的环形地质以及无数山坑,这是一些陨石碰撞所造成的凹陷。尘埃只会飞扬起一丁点距离,因为没有空气,这里不会出现风暴气象和暴雨奇观。看不到彩虹。月球上那个人类的脚印也无处可寻，至少阿姆斯特朗博士曾经很多次到月球上的实验室进行各种关系生物抑或是涉及医学领域的科学实验，也对月球表面进行无数次的勘测和照相，并对数据进行高精度地扫描，对比，研究，他都没有发现任何一个类似于人类的脚踩下地面所留下的痕迹。

但，脚后跟所留下的印记倒比比皆是。还有一些粗壮的大腿撞击月球表面留下长长的凹痕。（都是比喻）

"他记得一个在大学里的朋友，曾经一度是他的情敌，他正拥有一双粗壮的大腿，小腿上也是肌肉结实，但是上半身却极其萎缩，瘦骨嶙峋，这样失调的身体比例也曾一度是保健社团会员们的话题。因为好奇，博士到这位大脚先生的博客里，看到过一段话，令他记忆犹新。因为这位先生研究的是现实主义哲学，所以他论文稿子的残骸被他无私地登上博客：

"如果每天吃酸菜和豆腐，日子好时还加根油条，翻看一整天的电视节目其实有三分之二的时间是在看广告，这样地活着同地沟下的老鼠有什么区别，甚至连这些灰茸茸的动物都不如，它们会为了生存去觅食，它们不会懒惰，没有七宗罪，它们不惧怕肮脏和黑暗，也不畏惧高等生命的歧视，它们甚至矜贵地活着。矜贵地，吃着垃圾。如果我们的生活如同垃圾，生命就如行尸走肉甚是累赘。

"当然，有些人就如同豆腐，命运雷同，必将被分割，被食用。这样的命运模式被盗用后也没有法律可以告剽窃。如此多剽窃无从状告。"

这位先生的这段话，因为他个人觉得充满了文学修饰，不适于加到论文中，而被另一位同班的对期末论文懊恼无比，正走到穷途末路的同学看到，便果断盗用。结果那位同学获得了期末最高分以及教授的一个热吻作为奖励。

教授是一位性感的黑皮肤女士。至少她每个天赋惊人的学生都这么叫她：嘿，辣妹。如果你叫黑妹，你就死定了。

大脚先生就从此关闭了博客，并连鼠标扔下了宿舍窗户。而且很不幸地砸到正在吹哨的宿舍管理大妈。

如果月球曾经存在过生命，我们也很难想象这块陆地上曾经出现过一望无际而蕴含无限奥秘的海洋；也很难想象这里曾经也诞生过无数璀璨的文明世界，灵感与智慧如同雨水和春光，滋养着文明花朵茁壮成长；更无法想象这片苍凉得连空气都极其稀薄的陆地上曾经出现过爱情，哪怕一瞬。

而就是这样的一颗星球，它是地球的卫星，可是它却产生在地球之前。何至于它成为了地球的守卫，它如何地被地上的人们寄予如此多思想涵义，它还是一成不变地作为地球的卫星在特定的轨迹上和引力场内围绕着地球进行周期运转。它没有抱怨，也没有年终奖金，也无须因为经济泡沫，失业，养老金和保险纠纷又懊恼。

它是一滴灰色的眼泪。

一滴不会发光的冰凉眼泪。

眼泪不止是地球所独家拥有的喻体。

正在舱室里沉睡的二人猛然间惊醒过来，睡眼惺忪，意识如同下雪后的窗户因为水汽而模糊不清。

飞行器已经到达实验室入口处旁，时间掐得十分精确。催眠作用失尽后，保护措施自动收回，两人得以出舱自由行动。

从舷窗望出去，一边是漆黑无边，远处有点点星光；一边则是阳光照过荒凉陆地，各种形状诡异的阴影被拉长爬在参差不平的地面。

穿好太空服，其实并没有想象中的那么沉重和行动不便。两只戴着头盔的企鹅走出了飞行器。

小心了，这里的重力是地球的六分之一。

两人走下舷梯到达地面，适应了这里的重力和环境。

那块宝石镶嵌在地内，露出三分之一尖顶，灰头土脸，其貌不扬。阿姆斯特朗碰碰约瑟夫的胳膊，示意他向后退去，两人扶着舷梯的扶手。

宝石先是一度沉寂，像抱着双腿泪眼朦胧地靠在落地窗旁看着城市灯火辉煌的夜景，而对于一旁软硬兼施的男友置之不理的生气的女孩一般。宝石的冷漠正如女孩的冷漠，是装出来的矫情。十秒钟后，宝石如同女孩的心，终于动了，软了。宝石轻轻地摇动。红点像一颗跳动的火星跃上尖端处。接着，以宝石为中心三米为半径的地带上的碎石都颤动了起来，仿佛规模迷你而精心策划准点发生的小型地震区。

宝石蠢蠢欲动，激光涉嫌的终点仍连接停留在上边。

太空中，阿姆斯特朗博士和约瑟夫只能隐约听到他们的呼吸声。

眼前，一面矩形的大镜已经岿然从月球的地底下升起，仿佛维多利亚女皇出街前的最后一个流程，确定已经打扮完美毫无瑕疵。

从镜子中，它们看到了真实的影像。这的的确确是一面普通的镜子。

但高度只有飞行器的一半。

一点蓝色的亮光出现在镜中的黑黢中。

地球正从月球的地平线上升起。

阿姆斯特朗博士连跳带蹦地，像是在慢镜头中在一个蹦蹦床上行走。他走到镜旁，将手放到镜框上。

中指上出现一个亮点，内置的密码按键通过体温被唤醒。亮点向两侧划去，轨迹画出一个长方形。一个数字键盘出现在镜框上。

博士输入密码，退后一步。约瑟夫走到他的身边，他像是博士忠心耿耿的影子。

境内的影像瞬间消除，镜面俨然被一片白漆漆的光所覆盖，犹如一个高大灯管，一个通向无限永生的光的入口。

两人果断地走进光芒中。

留下飞行器和又恢复了原形的镜子在一片冷漠的空间中。

飞行器收起了脚架和舷梯，变成一个完整而赤裸的金字塔状机器，待在地面上。它从镜子中看到了自己。

此景有如一幅静止画作，挂着这幅画墙角处的书桌旁，坐着一位孤独而失意的作家，他干枯的老手上勉强握着一支鹅毛笔，笔尖处的墨水已经干枯。仿佛一块已经风干的黑色泥土黏在毛杆上。

别担心，这里的重力只有地球的六分之一。

:25

　　第二天一早，我自然醒来，阳光还是如此美好。将早餐吃过后，我换上一件橄榄色的衬衫，虽说是橄榄色，但是一点都不令我觉得死气沉沉。告别木屋进入森林的途中，我感到那只木耳的灵魂寄居到了我的身上，我开始寻找绿豆鸟的踪迹，因为是白天，我知道我是看不到萤火虫的。就好比向阳光灿烂的晴空中望去试图寻找繁星一般。

　　怪兽给我递过来一颗话梅，他说："难道你想寻找流浪的木耳？"

　　我说："我觉得我才是木耳。"

　　怪兽笑笑，向前小跑了几步，说："得得。不过，你可有再思考关于狼角传说的各种疑点？"

　　我将话梅含入嘴中，甜蜜从舌尖绽放。

　　我说："其实昨晚有做噩梦。但并未惊醒，倒是这样自然而然地又睡过去了。像是看恐怖电影被催眠一般。"

　　怪兽说："梦到的内容可还记得？"

　　我试图寻找记忆的图像，可是在行走中我的大脑内一片混热，无法看清楚其中的任何一幅画，我说："貌似是一只狼将鹿吃了，然后跳入了大海。"

　　怪兽似乎理解了什么，没再接话。任由我再胡思乱想了许久。

林间不时传来细碎的声音，今天风不是很大，树叶的摇动声可依旧似海涛般一层一波。

我像是行走在枝繁叶茂，阳光灿烂的海底世界，波涛声在我头顶一阵接一阵，感觉甚是美好，不言而喻。

我们到了森林和紫竹林的交界处，我同怪兽告别，他告诉我下课时他会准时在这里接我的。而至于他何以得知我几时下课而他又能按时到达这里，我不得而知，也许这不是我该思考的课题。又或许他就在此处等着我从未离开。

我坦然走进紫竹林，在路上幸运地拾起了几片落地的橙色竹叶，我将它们收进衣袋。

穿过石径，看到亚特伍德依旧在池上的裸石盘坐着等着我，衣束同昨日一样。

我很快进入状态，闭上眼睛。他那飘忽的声音再次进入我耳朵的深处，化作了一个个字符，我们已经开始上课。

视点停留在一个荒芜的星球上，这里寸草不生，枯寂忧伤。像月球。这里没有重力，没有空气。我看到了两个身影，一高一低，他们钻入了什么入口，消失在地面。这未引起我的注意，我继续前进。

"我们的肉体，只是一个简易的装置，它是幻觉，迷幻双眼，只是存在重量。我们可以到达这个宇宙的每一个角落，只要我们的想象力能够抵达。"

我垂直上升，越过这片荒芜大地，我看到了地球。我正在慢慢地向地球靠近。一片温馨的蓝色。远处是一颗愤怒的赤红恒星。太阳。

"我们需要觉醒，因为我们拥有能进行思考的大脑，我们拥有智慧。接下来我要对你进行语言传授的，可能稍显费解，但请排除万难，用心倾听，你一定可以成功感悟。那只是方向。文字教材是教育的糟粕。但若没有这糟粕，你也就不能找到方向。所以我只是你的指路灯，你的引路人，在路上你将怎样用心看到怎样的风景，得到怎样的体悟，全看你了。"

谁用心地去伤心呢。

视点并未钻入大气层。生机勃勃的大地。转了一个方向，朝月球的背面而去。

"觉醒需要经过三个简单的过程。"

冷静下来。

"第一，即是好奇。"

一个圆盘形状的飞行器上闪烁着三盏快速跳动的绿色的灯，从月球后飞了出来。

"我们要学会好奇，要学会真正的好奇。能做到这点的人，委实不多。而什么是真正的好奇呢？好奇对我们有什么重要性呢？其实，好奇每一个人都会。从我们出生的那一刻起，我们睁开眼睛，当然不排除天生的盲人，但是盲人也拥有好奇的权利和能力。好奇来自万物。当我们对这个事物的了解程度为零，甚至少于零时，也许带着恐惧，也许带着憧憬。

就像面对一个埋藏着宝藏的沙漠，我们渴望知道宝藏在哪里，财富有多少。也许这宝藏埋在风沙下几千年，它在一个地穴里，沉睡。我们却恐惧地穴里隐藏的机关，那些危险，也许一不小心，探险者就会共宝藏而眠，化为尸骨，永无还生和拥有来世的机会。所以好奇是天生就有，但那只是初级阶段。我们一出生，对于这个世界的认知程度是零。那时的好奇就是自然反射。被动。而真正的好奇，并且重视好奇后，感悟其精神魅力，你就可以发现，好奇其实是应该主动的。当你主动的对一件事物产生好奇心后，你便有了行动的欲望，你将因为这个未知的事物而开启一段奇妙而妙趣横生的旅程。我们的生活也许循规蹈矩，苦难，又或许已经被设定好，只等待一个人进入命运。但若我们主动好奇，便会发现一个又一个新世界。我们如何培养好奇心呢？那就要通过我们的眼睛，而真的是通过我们的眼睛吗？不全然，我们还要靠心。这也许被说了很多次，由心。但是真正用心去感悟的又有多少人能做到？人与人之间灵魂阶层的不同，就在于用心程度的高低。是否诚心诚意，是否心无旁骛。当我们做到用心去主动好奇，我们就获得了一把开启新世界的钥匙，当我们获得这把钥匙的时候，我们就赢了。我们就做到了觉醒的第一步。那是巨大的进步。"

钥匙在沙丘下沉睡。

一阵狂风吹过，沙丘的轮廓被改变。

"第二步，是学会爱。"

一片漆黑。

　　"首先你要明白，爱情只是爱的一种。爱是奢侈的境界。我们的四肢，五官，六腑健全，但这只是肉体上的胜利。我们的灵感来自性欲，性的本能欲望。而物质是文明环的无底洞，那是第二欲望。新形式的欲望，与本能的欲望抗衡着，不分上下。性的满足也许不全是因为爱，而是赤裸裸的想要。想要高潮。这些肉体上的胜利，并没有爱的参与。爱的重要性，自然不用我多说。爱就是情感的光明面，黑暗情绪是行动的错误指标，它锋利，会戳伤我们行动的双腿，它会引我们走上歧路，进入罪恶深渊。爱的力量是无穷大。一切都是一个圆。我们要对爱好奇，真正用心祈盼，去祈祷，对着光传来的方向，不用念叨啰嗦的经文，只需要感悟。感悟气流，血液，感受自身曾经的存在。也许蝼蚁，飞鱼，猎豹，白鹰，现在变成了人，拥有智慧。胎水中我们形成，细胞分裂，我们拥有了眼睛。出生，我们学会了好奇，然后懂得了世界上的一种奢侈，叫爱。最大的爱是对于自身，而我们总想将爱施予他人。你是天灾地难，我是万劫不复。然而我们错了，我们的时间有限，我们是无法找到那个人的。所以我们必定残缺，我们注定孤独，我们不能和所谓相爱的人同时死亡，进入想象中的极乐。所以清楚这一点，我们就发现爱的本质，其实是对于自身孤独的包容。这样，我们才能冷静地做事，清除祖先积留下的等我们处理的污垢，躲避阻碍精神宇宙运转的陨石，发现精神宇宙中隐藏的暗物质的真相。我们才能前进。"

　　一颗陨石撞到一颗星球上，发生了壮观爆炸。

　　"第三步,是学会宽恕。"

　　在宇宙中,爆炸是极其极其细声的。

　　"宽恕是极其深奥的学科,是一项难以掌握的本领。每一个生命都会犯下错误,也许是有意的,被迫的,又或许是主动的,有密谋有策划有目的性的。错误在所难免,甚至科学计算中也会出现误差。但误差需要缩小,化为零,达到最准确最完美的结果。所以错误也需要宽恕。因为错误始终会变成过去式,即使让未来产生质变,其中也能提取有利经验。不仅在过去的历史中,我们要宽恕,对于未来,对于既定而无法改变的规则,对于不公平,对于感官上的偏差,我们都要予以宽恕。承认我们置身其中的无奈。无奈,是因为我们做何努力,都无法改变。它已经发生,已经发生在别人身上,发生在我们身上。我们要承认。承认使我们获得莫大的勇气,这个勇气足以去理解生死。生死的真相我们不得而知,我们好奇心的钥匙在打开这扇疑问的大门后看到的又是另一扇禁闭的门扉,无限循环,这是哲学上的无奈,我们也要承认。用对自身的爱并加以宽容的目光,就能达到完美境界。"

　　随后,我看到了一颗星球的死亡。
　　这颗星球失去了光芒,它本来燃烧着炙热的蓝色火焰,可就在那一瞬间,它的生命走到了尽头,它的膨胀达到了临界点。它迅速地塌缩,慢慢变化成一个黑洞。以这颗星球的尸体为中心点,重力场开始改变,时间面也开始扭曲。周围的各种星体星云都被这个黑洞吸食,速度之快,能力之强。黑洞不停地在扭动,旋转,就像一个隐形的漩涡在贪婪蚕食。一道光线经过黑洞,轨迹迅速弯曲,同样被吸入其中。

这些被吸入黑洞的大大小小的星体,就像周末早晨被身子发福的家庭主妇丢入垃圾箱等待被清走的垃圾。

一切都会变成垃圾。但同时也获得了进入新宇宙的特权。

我仿佛置身于一间播放着宇宙虚拟纪录片的影院,被突然熄了灯,影片停止放映,胶带焚毁。观者惟我一人。一片寂静中,我不知所措。发生了什么呢?(对,你学会了主动好奇。)

黑洞群在不断地壮大。不远处几亿亿光年外,又一颗白矮星变成了黑洞。

"今天的授课到此为止。理论精华我已经全部说给你听,接下来你只需要实践和继续感悟。"

下课。

:26

灭了壁橱里的篝火,仍剩几星火花在跳动,最终它们难逃熄灭的命运。

空气骤凉，是夜幕低垂之后发生的变化。怪兽提议我们一起睡。

于是在他洗净了餐具，我洗过澡换上一身干净衣服，检查门窗都关紧后，我们一齐钻进被子。这是怪兽的床。

他提出要给我说一个童话，因为一时也没有其他话题可说，而他的脑袋似乎是一个童话故事全集，我便轻轻回应了一声，他开始讲述他的故事。

"后来，死神还喃喃自语道。"怪兽说。

在温暖的被窝里，我们面对着面横躺着，我时而闭上眼睛倾听这个偶尔还令心跳加速的故事。被窝里仿似一个地洞穴，而怪兽充满柔情的声音回荡在洞穴的四壁。

"他对着照片，说，小精灵，你知道么？之于他，好好的你，才是最好的礼物。"

我沉默了一会儿，怪兽伸过手抱着我的身子。他没穿衣服，赤裸着上身。隔着单薄的睡衣，我感受到他的温度。而我想到他的容貌仍是与我无异。这温暖，也似乎是我给予我的。但是，我们总是习惯给自己带来悲伤，找抑郁斗。

"你说的这些故事，都发生在森林里。是这片森林么？"我的耳朵凑近着他的胸膛，他轻轻跳动的心跳声好像来自时间隧道的尽头。

他说："一个宇宙，总有一片森林。而每一片森林里，都注定有一个童话故事。"

"说实话，怪兽君。"他示意我继续说下去，"明天可以换个样子么？其实，我看到一个和我长得一模一样的人在我面前晃来动去，感觉甚是奇妙。"

"奇妙是好感觉啊。至少没踩着地雷。"

"算了,你喜欢就好。"

其实我感觉是无所谓的。

他挠着我的头发,接着询问道:"今天上课怎么样?"

"觉醒三步骤。"

"好奇,爱和宽恕?"

"你真是了解得一清二楚嘛。"

"因为以前的学生都这么和我说。想必你也不例外了。因为亚特伍德老师的课都是不变的,变的只有上课的速度。"他停顿了一会儿,似乎在这紧捂的被子里不能语速太快,也不能说得太多,空气温暖但流通速度慢,空气不多,"你的速度是最快的,仅第二天就学到觉醒的步骤了。"

"我觉得挺合适。"

"你是天才。"他嘻笑道。

"今天我在意识旅行中,看到了一个身影。"

显然他感到好奇,说道:"意识旅行是超光速的,还能注意到一个身影?"

"对。"我感觉到他在认真地等待我的下文,黑暗中他似乎撑开眼睛看着我正皱紧着眉头在回忆,"是个男孩。海啸过后冒出了脑袋。金色头发。"末了,我终于说出原委,"我喜欢他。一眼就爱上了。"

怪兽似乎沉默了,而我不知道他为何沉默。

随后,我感觉到他抱着我的手充满了力气。

他打了一声小小的呼噜,似有若无的像躲藏在叶片后的幼雷。

我看到点点雪花贴在窗户上。

"我喜欢他。一眼就爱上了。"

:27

这条巷子因为幽深而曲折，被戏谑的孩童称之为"鬼巷"，时间长
了，人们都这么喊。就像一个人的小名，不知被谁不经意的发明，被叫得
多，这个人的姓名除了在证件上出现外也就不会被使用了。

每一条巷子原来都有这么一个名字，来自城市规划局，但被广而传
叫的，总是那一个别称。而别称的产生，也许因为特色，也许因为某一个
闹鬼故事，特别的传说。

约瑟夫走在鬼巷中，一群中年男人脚踩拖鞋路过，嘴里叼廉价烟
草，他们没有注意到这个灰头土脸的小孩。他离家出走已经两天，没有吃
任何东西。

约瑟夫将双臂抱紧，他只有四岁半，全身各个部位几乎都残留伤口，
斑黄血迹仍未褪干，那或大或小，有的来自父亲的皮带，有的来自母亲
的毛掸。他们总有各种事情不顺心，而当抱怨的情绪足以要通过实际暴
力来宣泄时，没有安全感的约瑟夫总是在他们身边。任何能操起的都能

成为武器。于是约瑟夫便无一例外地成为了他们揍虐的对象。

他的父亲是一个煤矿挖掘厂的监工，这份工作满足了他的控制欲，也培养了他破口大骂和轻易动怒的性格。但是后来因为煤矿厂发生了爆炸事故，依稀记得是一群被拖欠工钱的劳动者将某个工头打残了腿，然后第二天到地下机械室时被反锁起来，排气扇也被关上，于是他试图用铁锹砸门逃生，但结果碰出了火花。便发生了惨绝人寰的悲剧。因为这件意外事故并非意外，被媒体曝光。煤矿厂本就周济困难，加之丑闻，自然被迫倒闭。约瑟夫的父亲也因此失业。加之他酗酒成魔，烟瘾不断。成日混迹酒吧，终有一日抽了一根被渗入了毒品的香烟，便一发不可收拾。毒瘾折磨着他。他对毒品的需求也就意味着对经济的大力剥削。

约瑟夫的母亲是一位有名的律师，报纸也曾报道她经手的成功案件。但因为丈夫的堕落，母亲也受此舆论影响，被迫辞职。于是他们家靠着到处借钱来维持生活。走投无路时，辛苦的母亲也做杂务活，以及来自社区的救济款。但约瑟夫的父亲一直无所事事，昏天黑地地剥削家里的经济。

某日，约瑟夫的父亲从酒吧里的吧台上偷了一个女人的兔娃娃。这只毛绒绒的兔子有他两个巴掌大小，这天正巧是约瑟夫的生日，他将兔子送给了约瑟夫。

但是好景不长，凌晨时刻，他毒瘾大发后发狂，五官狰狞，闯进厨房乱摔一气。

一片狼藉。

约瑟夫被母亲当作挡箭牌，他们躲在墙角。

女人的内裤里渗出一泼清黄的液体后流出了血,她捂着肚子破口大骂。

约瑟夫怀里的兔子被女人的魔爪撕开。被扯掉一只耳朵和一只手的兔子被扔出窗外,滚到马路上。垃圾车经过,就被一齐捡走了。

约瑟夫出逃了。

他在鬼巷里拼命地跑。

一家人从拐角处走出来,他们提着一个个饱满的皮囊和购物袋。孩子的手被母亲牵着,他手中拿着一只风车,迎风旋转。他的怀里,一只兔子,洁白如雪,长耳处戴着花的布娃娃。约瑟夫一阵心酸,眼泪含含,他赶紧将视线转移到其他地方。

他看到一棵树,树下站着一只优雅的鹿。

约瑟夫赶紧回头想向那家人求助,可是笑声已经远去,他再也找不到那幸福的三口之家的踪影。那只兔子头上的黄色花也如同一个梦境,与他擦肩而过。

那只黄色花的蕊仿似一只眼睛,那眼睛在述说着一个深仇大恨的故事。

只怕不是所有复仇故事的结局都能大快人心。

当约瑟夫转过头时,一把枪正指着他的眉心。而他并未感到恐惧。他不知道枪是什么,也许只当玩具。

什么可以更加可怕。难道是一朵由眼睛作为蕊芯的花么。

那把枪的扳机被扣动,约瑟夫倒在了鹿的身上。

鹿带着这个失落的小孩,走入镜中,走上了一条重生之路。

但重生，既意味着太阳照常升起，光芒万丈；也意味着新一场黑夜开幕，恶魔十面埋伏，血腥淋淋。

:28

阿道夫一直对自己的才华深信不疑，但是他总是缺乏灵感。所以归根结底，他不是埋怨命运，也不曾怀疑自己的天赋，他只是对灵感的迟到而感到忿忿不平。

在普鲁士大学，他看到那个白胡子老人的照片。

那个老人说上帝从来不掷骰子。

他一直虚度时日，应付了事，时光被挥霍得一干二净，青春的小鸟非但折翼而且已经坠崖身亡。而关于他是如何堕落的，他并没有思考出一个圆满的结果。这样一个思考也因缺乏灵感而宣告失败。

他的生活小心翼翼，安分守己，可就是这么一事无成。光阴和室友一样消失得无影无踪，无迹可寻。他从中年到老年，都过得极其平庸。

直到有一天，阿道夫听到了召唤。

（完成这个任务，你就能获得重生。）

他表示接受任务。

（去改变那趟火车的轨迹，让两辆火车相撞。）

　　他想着，我要超越你了，我的数学天才。

　　（经过我的精筛细选，你就是那个即将让世界卷入同一个麻烦的人。独一无二，非你不可。）

:29

　　阿姆斯特朗博士和约瑟夫穿过镜子后，他们进入 ·条有很多分岔路的通道上。通道宽得足够十个阿姆斯特朗博士并列走过。若准确地说，这其实是一条走廊。走廊设计得百回千转，就像人脑中将最深刻的记忆锁在一个深邃的甬道里，若一般盗贼闯入则会迷失在交错复杂横纵迷离的甬道内。而他们二人步入的这条，最终通向博士在月球下建立的实验室的通道正如那条人脑内的复杂甬道。

　　地面铺着地毯，每转过一个弯颜色便有所变化，在转弯处，地毯是奇妙的渐变色，以此将两条不同颜色的直线地毯连接起来。就像计划缜密的犯罪事件，毫无破绽，巧夺天工。

　　走廊两侧的墙面贴着风格艳丽的墙纸，同样，每一条拥有独立方向的走廊上的墙纸是截然不同的。设计师仿似有很多时间来挑选这些墙图。

而体现其大师特色的则是走廊的天花板，不出意外，由镜子装饰。镜子纤尘不染，抬头就能看到地毯上倒立走着的人。感觉甚是妙不可言。

这是独一无二的月球上独一无二的走廊。

"脱离地心引力时感觉还好？"博士问。他的脑袋在四处张望，似乎很久没有回到这里，充满了怀念。

"睡着了。"约瑟夫如实回答道。

"从太空中望去，地球还是那么美，可殊不知，上面却发生了想不到的翻天变化。可是隔着大气层，什么也不能被外来客一眼透析。"

"变化？"

"文明，战争，污染。"

"若没有人类，地球能更好？"

"也许地球会闷死。"

"他们不知道停止。以为停止会闷死。"

忽然约瑟夫停住了脚步。他意外地在一个转角处发现了两只布艺娃娃，他弯下腰拾起。一个是只有一只眼睛的黑色兔子，一个是没了耳朵的独臂灰兔。两者的手牵在一起，无法分开。

约瑟夫抬起头看着博士，试图征求同意，而阿姆斯特朗点点头。但随即表情就透露出另一种令人捉摸不透的情绪，似眉头紧皱嘴紧抿，又充满深深的愧疚和不可置信。

约瑟夫问："怎么了？"

简直一塌糊涂。

博士冷静地回答说:"我们好像迷路了。"

:30

　　么龙君不耐烦地切换着汽车里的电台节目,在黑夜降临前又下起了茫茫大雪。他打开车灯,能见度极低,街道两旁的路灯都烧坏了,似乎碍于自身罪障的僧人关掉了意识的灯泡。在雪中还夹杂着小块冰雹,仿佛二战时从战斗机上空降的伞兵狠狠摔在车窗上支离破碎。车里开着暖气,他却仍然感觉到冷气中正源源不断,从体内深处被针戳开的一个小洞中在向自己输入。

　　"让我来开。"他对部下说,于是司机便老实地从驾驶室里走下来,给他鞠了一个躬。

　　随后他便自己驾着这辆老爷车上路了。

　　对于这样充满旧岁月情怀的车子他尤其钟意,甚至通过各种渠道进行收集。他收集的老爷车就像纪念邮票那样多,的确不夸张,摆满了几层数百平方米的地下车库。车库里安装着高频度数节能灯,么龙君是个主张环保的人,这点给他在舆论中带来一点好名声。

　　"这颗星球上每一个想报复社会的少年,你们在哪里,你们在哪里啊。我们快集合起来吧，我们必须阻止社会的自杀，所以我们必须让社会的死亡被鉴定为他杀……"

这是一个小众的文艺电台。

"亲爱的听众朋友，我们听了以上的论述，要相信不死的东西不存在，它们都只是长命而已。"

这是一个话痨哲学家电台。

"上月于公寓自杀的明星最终曝光是因其患抑郁症……"

这是一个娱乐新闻电台。

"我们知道菠菜是一种对于人体是有益的蔬菜，它充满了铁元素，尤其它那性感的红色根部，难道你没有联想到什么。噢，是的，我性感的听众们，我联想到了大力水手先生……"

这是午夜厨房节目，也似乎是个场景设定在厨房里的脱口秀。

"森林酝酿闪电，河流酝酿星辰，生命酝酿孤独……"

"请拨打我们的热线赶快订购……"

么龙君关闭了电台。

随后，他放入一张光盘，Equipe 84乐队的键盘手，吉他手兼主唱Maurizio Vandelli正以他迷人的声线演绎着《BANG BANG》。在漆黑的雪夜，么龙君高速驾驶着一辆1930年出产于法国的路易威登老爷车在城郊公路上疾驰，这首歌令他的眼圈温热了起来。这张光盘收录了这首歌各种不同版本的演绎，有Nancy Sinatra，魁北克的Elie Dupuis，Ornella Vanoni以及Mareva Galanter。似乎每种声线对这个忧伤故事的演绎，都来自一个全新世界。

一对一起长大的恋人，在一个阳光明媚的日子里，A用枪指着B，面容冷峻，扣下了扳机。

你难道不认为，拿枪指着什么人，这是人类最优雅的动作么。

他杀了他的爱人，而他的爱人在倒下前唱了这首歌。

心中世界的一切景象都化成水，水面又迅速地结上了一层厚厚的冰。我们的视点无法飞出水面。隔着冰层，光线被打乱，我们只能从岸的一边，看着我们深爱的那个人从冰面上走过，他踏着无情的脚步，冰层坚实而没有出现半寸裂痕或动摇。他走过了这片水域，上岸。而我们却在这片融化成水的世界里窒息而死。我们的热泪无法滴下土壤，蒸发成水汽，化作云，再变成雨落到大地。那雨点也不会飘到他的脸上，不会和他的眼泪融化在一起，不会打湿他的刘海。这场雨，或只是凄凉地在一个被世人遗忘的荒芜地带孤寂哗然。大雨瓢泼中，有一个被浑身淋得湿透的歌者，他面对一个弃置的游乐场，秋千的座椅上积满水。他的脑上留下一道血，血被雨冲淡。他唱着那首歌，哭泣并未令他失调。他遥望着消失在雨幕中，手里拿着一把温度还未完全散尽的手枪的他。

他哭了。当对方说了那段电梯的比喻后，他的眼泪潸然而落。

"对不起，么龙君，我知道我很残忍。"

对方走过来，给他一个拥抱。然后，对方从外套内置的口袋中取出一张唱片，递给他。"这里边是各种风格不同的歌手诠释着一首我很喜欢的歌，《BANG BANG》。"他将手比划出一把手枪的形状，眯起一边眼睛，用食指指着么龙君，虚发了两枪子弹，"听听吧。听起这首歌，你会记得我，我也会记得你。我们都不忘记。虽然我们的电梯不能上升。"

"谢谢，爱丽丝。"

雨刷器在刷走挡风玻璃上的雪时，么龙君的睫毛也在赶走汹涌而出的眼泪。

即使那片水域的冰层融化，我们浮出水面，也因为没有岸岛可以供我们生存，我们宁愿溺在水中，永无止境的畅泳。在水中，欣赏那些珍奇植物，教会那些鱼唱歌。告诉残暴的扑杀者，仁慈。和平共处。这片水域中，虽然我们孤独一人，我们深爱的他留给我们的，只是一双脚冷漠踏过的背影，但我们不用悲伤，我们有新朋友，我们活在一个全新的世界。即使我们很快就会因为缺氧而死去。

么龙君突然狠狠地踩了一下刹车，这只脚因为用力过猛而导致另一只受伤的腿部传来一阵绞心的剧痛。

通过车灯的照明，他看到公路上出现一片密集的羊群，一只又一只体毛厚重的羊在雪地上迂回着。

么龙君忍着剧痛，拿起一把手枪和手电筒，用一只手摁住了大腿，试图减少疼痛。

他走下车，来到车灯照亮的区域内。

几只羊因为他的到来向外退去几步。

他把手电筒举起一个盖过头顶的高度，似乎这羊群无边无际。而庆幸的是，他刹车及时，没有伤及任何一只羊。

这些羊，一只只看起来都脑袋迟钝，甚至没有大脑。它们都苍老不堪，像普通的圈养山羊，但是身形却高大得出乎意料，但其魁梧的身材只是个虚伪的幌子，它们都是一群老山羊了。无法用那脆弱的羊角进行暴力宣誓和角力对抗。

这群羊从哪里来，为何在这没有食物的荒凉的公路上停止不前，造成拥堵呢。

但似乎就此景看来，这群羊是逃离农场的，可是它们却无路可去。因为大雪和时值深夜的关系，农场主还在沉睡中，而当农场主醒来时，赶到此地也需要一定时间。

么龙君看着堵住整条宽阔公路的羊群，无奈地呼出一口白气。他本想试图用枪声驱赶羊群，但似乎已经没有用了。

一辆轿车在他的老爷车后停下，走下来四个西装革履的男人，他们是么龙君的部下在暗中保护他。

那四个人也对着这群羊手足无策，仰天长叹。

么龙君看到一只羊的脚下有一摊血，他好奇地走过去。

手电筒一直沿着血迹行进，他从羊群中穿过。

么龙君把手枪收了起来，他的手电筒照着一个俯躺在雪地上的女子。女子穿着一双棕色的加绒皮靴，牛仔裤，羽绒服隐约反射着些许微弱的光线。

这是一场不会很快画上句号的暴雪，狂风呜咽着滚过苍茫大地。

夜空中，倒是有一轮皎洁皓月当空发出凄冷光芒。

四个男子已经走到么龙君的身后，他们驱赶着四周的羊群，而羊似乎是极不情愿地屈从着他们的命令，迟退着几步后就再也没有动弹，但也算腾出了一块不小的空间。

么龙君蹲下来，他翻过女子的上半身，用手电筒照着她的脸。

爱丽丝。

31

爱丽丝安详地睡着，她靠在么龙君的腿上。他们坐在老爷车的后座。雪依然纷纷扬扬没有节制地下着，那群羊仍不消封路之意执著地堵在路中央，但即使羊散了车还是不能行进的，因为雪太大了，公路上的雪已经将轮胎埋进一半的高度。么龙君关掉车灯，车停在公路中央，那四名穿西装的部下坐在一辆劳斯莱斯里，注视着眼前这辆车的动静。

么龙君静静地看着爱丽丝，就像一位善良的圣母，端详着睡在填涂着树脂的篮子里一位弃婴。爱丽丝的呼吸沉稳有致，仿佛正在经历一场美梦。那梦中也定然下着雪。但在她沉睡的面容中，么龙君还看到了孤独。那梦中，爱丽丝定然是一个人彷徨行走着。不过她四周是繁华街道，相拥而过一对对情侣穿着兽皮外套，节日气息欢乐，马路灯光熠熠。她像卖火柴姑娘的姐姐，悲伤地寻找着流浪失踪的妹妹。这原来不是美梦啊，一场孤独的，关于寻找的梦。可她的面容却显示出她正乐于其中，似乎她已经找到了妹妹。两人正在享用温暖而丰富的烛光晚餐。姑娘用她的蜡烛燃亮了生命中这个最美的夜晚。

那些雪地上的血迹并不是爱丽丝的，在更深处，他的部下发现了一只羊没有头的尸体。

而爱丽丝只是迷途的人，昏倒在雪地上。

她究竟经历了什么？竟躺在公路中央。若么龙君晚些发现她，估计爱丽丝已经被积雪深埋。

爱丽丝突然醒了，她下意识地坐起来，迅速环视着这个陌生的环境。么龙君呆呆望着她，挑了一下左眉毛。

爱丽丝一眼就认出了眼前这个系了蝴蝶结的人，她长舒一口气。

一个部下用指关节敲了一下车窗，么龙君转动摇杆，车窗拉下，他接过部下送来的一罐热咖啡。一阵夹着雪花的冷风灌了进来，他赶紧又重新关上。外面的世界连同声音突然离他们远去。

"我在雪地上发现了你，你倒在羊群中。"

爱丽丝接过咖啡，把毯子裹在身上，说："那些不是羊。"

么龙君歪过脑袋，等待解疑。

"你没有看到，"爱丽丝翘起下巴指着汽车前方犹如一群在等红灯的羊群，"那些羊都很高大么。"

么龙君说："恐怕是这样的，刚才没有特别注意到。但放养在山区的羊群一般都这么高大吧。"

爱丽丝抿了一口咖啡，心肺里通入一阵暖流，"不不不！你错了。放养在山区的羊群和城市工厂里供养的羊群没有什么不同，羊就是羊，吃的都是草，长的都是毛和角，拉的都是粪便。羊不像人，还有城乡，阶级，高贵之分。所以在任何地方生存的羊，长得都是一个样。"

么龙君恍然大悟，他望着爱丽丝，示意她接着说下去。

"那些是狼，至少它们是狼族中的一种，但是身材特别弱小，绝非人们一般想象中的威武的狼。饲养这些弱狼的主人为了不引人注目，给它们穿上了羊皮，模仿得还真够逼真的，连角都像模像样地戴上了。"爱丽丝说。

"圈养狼群？"

"对！那弱狼绝非一般的狼。"爱丽丝将咖啡的最后一口饮下，摇下车窗扔了出去，又迅速地关上，她的眼神中亮出一道睿智的光芒，"我们叫它弱狼。它们是犬科动物中最盈弱的一种，因为和狼拥有一样的祖先，所以归属它们为狼科。这些弱狼是食草动物，它们的繁殖速度超出想象，并且生长得极快，就像大型细菌。但是它们也极其的病弱，跌一跤就可能死，甚至怕冷。这些弱狼是从不远处的一个农场里逃出来的，我也是。说得确切一些，是我打晕了农场主的头，将它们放出来的。但是我很饥饿，就在公路上倒下了。它们都跟着我走，所以我晕倒后，它们的步伐就停滞了。因此你会看到它们堵在公路中央，还有晕倒的我。"

但么龙君还是有很多疑问，"你怎么会想到去解放这群奴役呢？它们有何价值令你这么做？而你为什么会很饥饿？"

爱丽丝咽下一口唾液，接着说道：

弱狼是一种濒危动物，它们生活在气候四季都温暖的赤道附近的丛林里。它们与世无争，有自己的部落和纪律，当遇到人时它们能隐身。这个功能极为罕有而重要。所以外界一直不知道它们的存在。但是有一天，它们突然失去了隐身的能力。一支进入丛林拍摄自然纪录片的摄制组意外拍摄到了它们。陪同考察的科学家，抓住一只弱狼，并杀了它，并且发现味道鲜美。这个重大的发现在后来使得这档节目的收视率极高，在网上也有很多人在讨论弱狼。

于是，这个市场就被打开了。非法捕猎者开始疯狂地深入热带雨林，扑杀弱狼。但后来的科学研究又公布了一个事实，就是它们的生育繁殖能力极强，而且弱狼群种中有很多同性吸引现象，更为奇怪的是，同性交配也能生育。无论雌雄的弱狼都能产仔，一胎估计能产下二十个蛋。它们都是从蛋中出生的。那蛋是完美的圆球状，和一般蛋的色泽一样，但是其圆得实在完美，而且从体中被产下不带一丝血渍，就像弱狼产下一颗颗伪装成蛋的珍珠。生蛋的哺乳动物也是绝无仅有。再后来，妄图从中牟取利益的扑杀者就省下了许多工夫，也省下了许多弹药钱，他们只需抓回不到十只的弱狼，进行圈养，就能赚大钱。但后来弱狼被人们吃腻，出现了供大于求的经济泡沫，弱狼的食品市场开始缩水，并且商家们已经不能从中谋取任何利益，开始翻倍亏本。于是弱狼被贱卖，圈养弱狼的农场和工厂越来越少。直至有一天，彻底消失匿迹。而在那个阶段下，科学也没有发现弱狼除了食用外的任何有利用途，哪怕任何方面。于是它就从人们的视野和餐桌上消失了。

但悲剧就在接下来似乎顺其自然地发生了。热带雨林中仅存的弱狼们的生育能力开始下降，同性之间已经不能繁殖，而且更加莫名其妙的是母狼的生育能力彻底溃失。整个狼族面临毁灭性的绝种危机。灾难当头，一些热爱着弱狼的人们在地下自行统筹人力财力，形成了一个弱狼保护组织，而我就是其中的一员。

　　世事无绝，大师给任何事物留出一条出路。在经历了一番人类导致
的风波后，弱狼在生育方面和普通狼无异。雌雄交配，雌性怀孕，但仅生
一崽。这就意味着它们还是弱不禁风的需要保护的一个团体，弱狼保护
组织也就拥有存在的意义。

　　但，一波未平，一波又起，我们从特别渠道听到有一个科学家在弱
狼身上发现了一种罕见的化学物质，这种物质通过某种方法进行原子
重组就有极大的破坏性。是令人担忧的巨大力量。这种物质在每一只弱
狼的体内的含量极其的少，但相比于异性恋的弱狼，同性恋的弱狼体内
含有更多的这种物质，并且纯度更高，所需的提炼重组过程更为精简。
但科学家并没有将这个研究发现公开，他似乎特别焦虑，对这项发现保
持沉默。他让助手从森林中活捉很多弱狼，在它们体内又有更多的新发
现。他发现弱狼作为一个整体，其实体内的化学组成部分都有所不同，
根据这些不同的地方，可以将弱狼划分为很多不同种类的弱狼。比如说，
某些弱狼体内含有可以提炼出拥有极大破坏力的化学粒子，这前边说过
了；而另一种弱狼体内含有能百分百吞噬所有癌细胞的抗体；更为稀奇
的是，某一种类的弱狼的脑汁是粘性极强的浆糊式液体，当然，这类狼
的脑袋都极其愚蠢，甚至会爱上虎狮豹一类的动物，自投罗网，甘入禁
地。

　　为了防止他将这些发现公布于世，我们组织就派我去杀掉这个科
学家，并将他写成的手稿全部焚毁。因为我是组织中唯一以杀手为职
的人，我去完成这个任务实在非常合适。于是我决定全力以赴，在所不
辞。

　　我杀了他的助手，伪装成他的样子，得以靠近科学家。他也没有对我产生一丝疑心，反倒是对我更加依赖，甚至在性方面，向我求欢，当然我都委婉拒绝。科学家患有极其严重的忧郁症，但这并没有妨碍他的科学研究以及智商的运用。他还是哑巴。他的房子被伪装成一个农场，他则伪装成农夫，不接受访客，仿佛与世隔绝，与这个世界上的每一个人都没有关系，也没有人会看到他的农场。有一天，我发现了农舍的一个地下室，地下室里有个密室。我拉开密室铁门上的窗户，看到了一个极其可怕的景象，到现在我想起来仍汗毛耸立，不寒而栗。密室足足有一百个平方米大，农舍下面仿佛是另一个被掩埋的世界。而密室里，堆放着一具具面目苍白四肢僵硬的死尸，那些尸体都是一个模样，就是科学家的样子。我赶紧关上了通气窗，跑出地下室，再也没有下去过。后来我记得一个奇怪的点，就是那些尸体连一点恶臭都没有，地下室的空气也似乎经常得以流通，没有逼闷的潮劲。

　　昨天下午，我轻而易举地杀了科学家，将他的研究资料都焚毁了，把他囚禁的这些弱狼释放后，这些弱狼似乎以我为总司令，为领导，都跟着我走。于是我打算带它们穿过平原，回到森林。这些弱狼都已经被穿上了羊皮，这是那个科学家万能的助手亲手缝制的，所以赶着这群伪装成羊的弱狼穿过平原，通过马路，不会引人注目。在不远处就有一片热带森林，当它们都安全还乡，我就完成我的任务了。

　　但是当我穿过这条马路时，突然晕倒了，而那种击溃我的力量似乎就是突如其来的剧烈的饥饿感。我不知这饥饿感从何而来，它就像一道突如其来的闪电，一条紧紧盘缠在我身上的巨大蟒蛇，委实是饥饿感，不是其他诸如被拳头恶狠狠攻击的疼痛。意识之灯突然熄灭，也没有坠入梦境，我就倒下了。那群弱狼也停止了前行。

"整个过程就是这样。"爱丽丝如释重负似的舒了口气。

么龙君将两手摊开，耸了一下肩膀，瘪下两边的嘴角。"无与伦比的历险。"他似乎只能发出这样的见解。

"是弱狼的历险，中间掺杂着我的片段。"她用解释的语气说道。

"可不能让它们封在路中央，雪下一个晚上，天亮的时候会停的。"么龙君说。

她用手拍拍么龙君的肩膀，"你同我将这群弱狼赶回森林吧。我醒了，它们会跟着我走。"

么龙君想到，他正要赶去国会大厦的路上。

随即，突然精神焕发的爱丽丝打消了他的疑虑，"国会大厦被炸了，所有高层都死于火海中。大师也病了。对于这个世界，谁都无能为力了。但是弱狼还是要回到它们的家园。因为这场灾难和它们无关。"

但这也令么龙君产生了新的疑虑，爱丽丝是如何知道他的疑虑的。

么龙君说："行。我们天亮就出发。"

四下一片宁静，就像声音的开关也一同被关上。

连同播放真理音乐的磁带也转到了尽头。

爱丽丝透过么龙君身后的车窗，看着夜空中的月亮，云层似乎都逃离了月亮，向四周飘去。忽然间，月亮像一盏被拉灭的灯，突然熄灭了。

此时此刻，赤地飞霜。

:32

阿姆斯特朗博士摊开双手，以一副推卸责任的表情看着约瑟夫。

"博士，这迷宫是你亲自设计的。"约瑟夫说。

"你知道，我们总是会轻易迷失在自己设计的迷宫中。实在是身不由己。"博士赶紧将视线转移他方。

约瑟夫手中的两只兔子突然从他的手中跳下来，它们拉起手，整齐地露出灿烂的笑容。

阿姆斯特朗和约瑟夫都倒抽了一口空气，不约而同地对望了一眼。

"跟我们走！跟我们走！我们知道方向。"黑兔子说。

"我们知道方向。"灰兔子附和道。

博士迟钝地点点头，充满疑惑地看着它们。约瑟夫惊喜地笑了起来。

说罢，两只兔子转过身，连蹦带跳开始带路。

约瑟夫拉过惊魂未定的博士的手，跟上了它们。

转过几道弯，他们来到一扇铁门前。那就是实验室的入口。铁门规规矩矩而冷峻地关着，四周没有任何修饰。

阿姆斯特朗博士将手放到墙上的一个感应装置上，绿色的光线滑过他的手背，在确认过扫描得到的掌纹和体温数据后，铁门向上开启。当高度足够后，两只兔子牵着手率先跑了进去。

几秒钟后，门开启到约瑟夫肩膀的高度，奇怪的是那两只兔子带着深度恐惧地冲了回来，它们跑到约瑟夫身边紧紧抓住他的裤脚。约瑟夫将它们抱起来。两只兔子紧张地缩着头，不敢向门的方向看。博士的心里产生一种不良的预感，约瑟夫也以一种莫名其妙的表情关注着门缓缓上升。

他们站在地毯上，门的移动也不发出丝毫声响，像是全部观众都屏住呼吸，等待大幕拉起，好戏上演。

果不其然，当门拉上后，实验室正中央的空地上，一个留着大胡子带着墨镜，穿着邋遢却又节制的男人举着一对银色的双枪对着他们。他坐在一张椅子上，身边摆着两张空椅。他的声音慵懒而沉缓，像是一个宿醉的退休电台节目主持人。男人扣下保险，带着神经质的表情站起来，扭动着身子。

"欢迎光临阿姆斯特朗博士秘密的月球地下实验室。我是狂人先生，两位多多指教。"他看到约瑟夫怀里的黑兔子和灰兔子，"啊，还有杰克先生，和露丝小姐。"

33

　　一个圆盘状的飞碟降落在月球上，因为他爱上了那金字塔状的飞行器。

　　嘿，那美人正在照镜子呢。

　　"化腐朽——为神奇。"

　　说罢，大胡子男人畅怀大笑。笑声犀利诡异。他用两只手撑住分别坐着阿姆斯特朗博士和约瑟夫的两张板凳。他们被反绑在椅子上，正对着一个冰冷的没有数据图案的电子大屏幕以及一个足有八米高的机械装置。杰克和露丝也同样被绑着，分别系在一根麻绳的两头，挂在约瑟夫的脖子上。

　　"下面，为你们介绍阿姆斯特朗博士的伟大科学发明——穿梭机。"仿似一件稀世宝贝闪亮登场，他装腔作势地用手指着那台八米高的机器，肢体动作极其夸张，那种别扭委实难以仿效。就连那带着痰音的声线也充满活力。

　　阿姆斯特朗和约瑟夫痴愣愣地望着这个好似小丑的演员在他们四周蹦来跳去，做着幅度很大的动作，说着语调上扬慷慨激昂的台词。

狂人先生跳上放置机械的台阶，像是电视购物频道的解说员，开始为观众们介绍这项打折促销的新产品。

仅此一台，限量发售，请赶紧拨打热线电话进行抢购。

女士们，先生们，现在展示在我们眼前的这个庞然大物，当然，对不起，措辞有错。（狂人先生充满假羞涩地笑了笑）这个我们眼前的非庞然大物，就是科学界的天才阿姆斯特朗博士花费了四十余年研究的结晶，因为还没有确切的名字，我们暂时叫它穿梭机。（这其实已经是个确切的名字。）

何以叫穿梭机，因为这是由它的性质决定的。但绝非一般观念下对"穿梭机"三个字的理解，那是误读。我们总认为，穿梭机的性能是将人从一个时间挑拨到另一个时间点上，这样的时空穿梭。时空其实不能被逆转的。因为过去已经俨然成为历史，若改变一个极其微小的细节后，整个宇宙的历史将会被改变。蝴蝶效应无处不在，所以历史不容改变。不能提前发生也不能被提早尝试，那是还未被经历的历险，上边蕴含着新的经验，新的知识，以及新的灵魂。未来不可预知，不过一个个令人瞠目结舌的巧合。有些东西发生得多了，人们就容易迷信。

命数是可以变幻的，脚在我们身上，手在我们身上，大脑在我们身上。我们有选择的能力，我们有改变的能力。

（说到此，狂人先生作出一个坚定的表情，像是演讲家在讲述完成一段重要命题后在等待听众的掌声。而在他面前的只有四张充满恐惧的面孔，没有掌声。）

这部在我身旁的穿梭机，通过收集暗物质发射的 α 射线与宇宙第一射线β产生的γ粒子，再通过与机器本身的内设装置制造的重力磁场相融合，便在穿梭机的大门合并后产生的失重空间内形成一个蛀洞δ。这个偶然产生的蛀洞δ存在的时间十分短暂。短暂。但它能迅速地与宇宙中最近距离的一个黑洞Ω产生共鸣，并将穿梭机舱室内的任何物质传送到黑洞Ω的入口，进入黑洞，到达新的宇宙。当然，成功率也极小。极小。因为γ粒子极其的不稳定，当γ粒子脱离运动轨迹后就不能与重力磁场相融合，犹如水火不容，就不能产生时间虫洞δ。接下来γ粒子就自动散失，也意味着这次穿梭任务失败。物质就去向不明。去向不明噢。

"我说的没错吧，我敬爱的阿姆斯特朗博士。"狂人先生伸出头，像一只要打鸣的高傲公鸡在打嗝。

阿姆斯特朗博士点点头，约瑟夫看着他。

狂人先生的表情突然蒙上了一层阴险的迷雾，他眯起眼睛，"但是，如果分解了这台穿梭机的原理。改成通过搜集纯净反物质与宇宙第一射线β相交，就可以改变物质传送的既定路线，任意选择其最终传送方向。是这样吧？"

博士再次点点头。

"所以，如果我先将你丢入黑洞。再把反物质传送到地球上。最后我在一个安全的地方观赏地球爆炸的美景。毁灭总是沸腾的。你说，我的表演路线是不是几近完美？"

狂人先生凑近阿姆斯特朗博士的脸，用鹰一样的眼神盯着他。

阿姆斯特朗的双腿紧张地抽动起来，流下冷汗。他知道，这将是一个极其可怕的结果。

"当然，地球也是大师作品，如果大师存在，地球就可以再生。那将浪费了一颗反物质导弹。所以，我得先杀了大师，使他不能再重建一颗美丽的地球，再实施我的计划。可是这就是我的瓶颈，我该如何杀掉大师呢？"

狂人先生开始踱步，绕至他们身后，又回到他们跟前。

"杀掉大师，用一把手枪即可，但那必须与大师面对面。如果不与大师面对面，该如何做到这点呢。于是后来我通过冥思，终于得到一念启示。

"那，即是毁灭大师的故乡。因为每一个人的灵魂都住在故乡，如果毁了大师的故乡，就能杀了大师。"

杰克在安慰受惊的露丝，约瑟夫沉默着，既没有看狂人先生，也没有看阿姆斯特朗博士，他始终低垂着头，看着那两只惺惺相惜兔子。

狂人先生踮起脚尖，另一只脚收起，两手张开做着如花绽放的手势。俨然一个芭蕾舞演员完成了激动人心的难度动作。

他转过头用锐利的目光看着阿姆斯特朗，说：

"而月球，正是大师的故乡。"

34

"但是，让月球消失似乎不容易啊。这是我整个计划中最困难的一点。因为月球的存在非常重要。"

狂人先生收敛起芭蕾动作，坐到了穿梭机旁的阶梯上。他的表情依旧夸张。从那一大把沫涂银饰的胡子，倒令人觉得他是个具有青春活力的前卫艺术家。

阿姆斯特朗博士的视线一直随着狂人先生在移动。

约瑟夫静静地坐在一旁，目光低垂，仿佛事不关己。

阿姆斯特朗博士在想这个身份不明的狂人先生是从如何闯入的？如果用穿梭机的话倒是可以轻易办到。只凭想象力，他没得出任何符合常理的猜测。

露丝突然觉得肚子疼，来自胸部以下的部位，那痛感一阵一阵，犹如一根被吊在线上的悬空的针，一下又一下有力地撞到她的敏感神经上。杰克让露丝躺在自己的身上，用手腕护着她的颈部，另一只则握着露丝正使劲压着肚子的手。这疼痛感突如其来，不像日食般可以预测，但如涨潮般存在规律。

"让我来梳理一下。"

狂人先生突然站起，饶有兴致地伸出一根手指着空间的上方。

"一，我尊敬的阿姆斯特朗博士，我会先将您送到黑洞中，也就是说您将通过您亲手设计的穿梭机进入另一个宇宙，永远在这个世界上消失，并且失去您手上所掌握的权力。如此这般，就很好地解决一个障碍物了。"

说罢，他向阿姆斯特朗博士炫耀地挑了一眼眉毛，其中带着嘲讽。

"其次，是第二步。我会删除这个实验室内的所有数据，以及研究成果。当然，这个地下迷宫和实验室我得留着，想必以后有人发现了，可能会成为一个新的世纪大谜团。亲手创造些什么能困扰各个领域的顶尖人士的世界大谜团，真是令人觉得激动啊。"

他抓了抓自己的胳膊。

"但，我觉得应该将一和二的顺序改变一下，我要在您的眼皮子底下亲手毁了你所创造的一切。再把您送入黑洞。这样岂不是更加完美么？"狂人先生说，这似乎是多余的一个考虑，他转眼间就皱起了眉头，"唉呀，讨厌，月球真的是一个大问题啊。接下来我就不能用反物质导弹将这里炸了。这样的话我是身在其中也要一同毁灭的啊。"

"如果你能藏掉月球的影子。"约瑟夫突然说道。

阿姆斯特朗瞪大了眼睛转过头看着他。

"月球是大师的故乡，这是误解。"他抬起头来，两眼炯炯有神，露丝肚子的痛感突然消失了，她昏睡过去。

约瑟夫接着说道："误解产生于宇宙第一射线在经过地球时发生的紊乱。这是由于月球特殊的外磁场所造成的扰乱。每一个黑洞，都不会百分之百地吸食物质。它们也会由内散发一种射线，以波的形式制造内在能量。这种黑洞射线越来越多，就形成实体的黑洞意识。所以所有的这些射线交集起来形成一道巨大的弧形轨迹射线，就是我们所说的宇宙第一射线。这种射线能与暗物质发射的α射线产生交集，也是因为暗物质潜在的消极意识。而光则是这种射线的宿敌。”

狂人先生听得津津有味。

“关于光，意识，和音乐，它们来自高级维度空间的物理性颤动。光是积极的。它的母体是音乐。与音乐抗衡的则是无边无际的寂静。这种寂静存于某种类似于以太的无形物质中，它们控制了整个宇宙，但地球则是个例外。所以地球周围的磁场是强大的。而地球的这种磁场则来自于月球，月球本身无能量。但有一天，月球上产生了三秒钟的音乐中，在这三秒钟的音乐中，大师诞生了。大师创造了地球，在地球上创造了生命。所以地球是最伟大的大师作品。”

约瑟夫却感到味如嚼蜡，不带一丝感情色彩在念叨。

“请说说月球的影子吧。”狂人先生说。

“不急，先生，”约瑟夫说，“月球作为大师的母亲，俨然对地球情有独钟，所以它甘愿成为地球的卫星，并为地球提供一层特别的隐形磁场。那磁场能令以弧线运动的宇宙第一射线在经过地球的外围空间时，以直线运动。当代表着消极的宇宙第一射线开始以直线运动时，误解就产生了。所以地球上会有如此多的‘误差’。”

狂人先生焦急了，约瑟夫所说的这些他全都理解，但是他急于听到关于月球影子的部分，这令他坐立不安，于是他开始在空地上来回踱步，步伐混乱。

“请说些我不知道的，快说说月球的影子吧。”

阿姆斯特朗以难以置信的表情看着身旁的约瑟夫。并没有期待他说下去。因为一旦揭露这个真相，便会帮了狂人先生的大忙。大师将真的处于危险境地。

没想到约瑟夫还是继续如同念经似地说了出来："月球诞生于宇宙的第二首乐曲中，拥有排列于第二的强大生命力。在第一首乐曲中产生的星体都因为顽皮而跌入黑洞中了，它们都是拥有生命的星体，而大师制造地球正是出于对这些第一类星体的崇拜。"

露丝醒了，杰克关切地望着睡眼惺忪的露丝。露丝刚想开口说些什么，杰克就赶紧捂上了她的嘴巴。她莫名其妙地被捂上嘴巴阻止后，以寻求答案的目光热切地看着杰克。杰克指指正在说话的约瑟夫。

"要让第二类星体死亡，有两种办法。其一是直接用暴力将星体炸碎；其二便是抹除它们的影子。无论是第一点，还是第二点，都是极其困难的。想必第一点的执行很容易理解，但第二点就稍显得苦难了。因为不理解月球的影子为何物？"

狂人先生像个虔诚的教徒在听牧师布道，他歪着头，大胡子衬得他十分可爱，完全不像一个充满了恶意的不明入侵者。

"月球的影子就是影子，这实在是在太普通了，寻求答案的人总是向复杂的方面想，那只会误入歧途。不过单单理解影子这一点，也是无济于事。抹除月球的影子其实很简单。我们知道，阴暗的对立面即是光明。阴暗之所以被看到，是因为我们看到的还有光。所以只要遮盖了光源，月球的影子就会失踪。这样，浅显易懂了吧。"

狂人先生恍然大悟，"就是说，把太阳光挡住嘛！"

约瑟夫露出一个表示赞同的微笑。

狂人先生兴奋地跳起来，说："我知道我的计划该如何实施啦！"

阿姆斯特朗博士无奈地摇摇头，他没对约瑟夫说什么，但约瑟夫这

种主动的行为却是令他百思不得其解。

为什么约瑟夫要帮助一个入侵者完善他的邪恶计划呢？

露丝问杰克："他们在说什么？"

杰克说："不要担心，我们和约瑟夫在一起，很安全。"

露丝将信将疑地点点头。

狂人先生跳上阶梯，开始重新宣布他的计划，每上一级阶梯，就表示计划的进一步实施：

"第一，我打算不那么浪费时间看你心碎，我的阿姆斯特朗博士。我将直接将您送入穿梭机，把你丢进黑洞。

"第二，我会对穿梭机进行修缮，改变它的运作原理，令它通过搜集纯净反物质与宇宙第一射线相交，然后将一枚反物质定时炸弹传送到地球上。

"第三，我会进一步改造穿梭机，令能发光的暗物质在太阳前集合，形成一道屏障，遮住太阳的光线，造成在地球上看来月球失踪了的假象。但因为这种能发光的暗物质的生命极为短暂，而且这种暗物质大多聚集在黑洞边缘，很难搜集，所以这种假象只能维持大概一个晚上的时间。但如果月球失去了太阳的光辉，也就意味着大师将进入昏迷状态。当大师昏迷时，那只鹿就会以应急状态出现，守在那面作为镜中世界入口处的镜子旁。而那面镜子，我看到，就在月球上，就在你们的飞行器旁。当能发光的暗物质汇集遮住太阳光时，我将趁着这个宝贵的时机，将那只鹿催眠，然后骑着它大摇大摆地进入镜中的世界。

"喔，我要声明一点。我和那个所谓的叛党没有任何的关系，我要

杀掉大师全凭我偶尔产生的兴趣。另外说一句，我觉得叛党头脑是个白痴，他企图通过暴力来完成他们的任务。我觉得他们会失败的，而且，就凭那些被操控的普通人，也无法完成什么具有重大意义的任务。所以我得撇清和叛党的关系。再其次，我觉得这是一个竞赛：看谁先能杀了大师。我们都知道，这一届的大师体力已经不支了，较之于以前强大的我们无法找到机会下手的大师，这次可是千载难逢的伟大时机，如果不抓住这个机会，恐怕我们永远都无法推翻大师的统治。

"当我到达镜中世界，如果路上恰逢叛党的头脑真身，我会和他进行决战。但愿能遇到他，那将令我的整个行程锦上添花。"

狂人先生像一个画着彩妆的小丑笑了出来。他跑到阿姆斯特朗的身后，将整个绑着阿姆斯特朗博士的椅子轻而易举地就抬到了肩膀上。

他转过头对约瑟夫单独挑起了一下眉毛，以示感激，他说："小子你超帅。"

狂人先生为自己突破了瓶颈而感到高兴。

狂人先生的计划一步步进行着。

他像一个在打扫家室卫生的经验丰富的钟点工，在这个实验室里忙活。

穿梭机的运行十分正常，没有出现任何错误。

当阿姆斯特朗博士被送走后，狂人先生改变了穿梭机的运行原理，他正在满实验室寻找那颗反物质定时炸弹。二十分钟后，他一无所获。就像一个更年期妇女在翻箱倒柜寻找汽车钥匙。他突然想起了神通广大的约瑟夫。

约瑟夫说:"在实验室入口处旁的挂钟内。"

狂人先生将视线向实验室的入口处投去。他看到了一个充满历史感的挂钟,在此如环境中显得尤为突兀。

他凝神屏息,甚至听到了挂钟传来滴滴答答的声音。这令他十分惊喜,因为从他潜入这个实验室一直到现在,都没有注意到它的存在。

他打开钟盘,在一个密闭的方形暗盒内,他发现了一颗糖果。糖果被一张画有鹿和狼透过一面镜子香吻的图纸包裹着,看起来像是太妃糖。他稀奇地翻动着这颗糖,实在平凡之极。于是他将手深入暗舱内捣鼓,什么也没有发现。倒是因为暗舱内的灰尘弄脏了手。

他将钟面合上,又趁着这个机会欣赏了挂钟一眼,不由得令他惊叹这挂钟的精细做工和时代美感。

狂人先生拿着糖,来回转动着它,仿佛蛛丝马迹会自己跳出来,在他眼中,这不过是一颗再常见不过的彩纸糖而已。

他将约瑟夫松绑,约瑟夫也没有乱动,露丝和杰克仍然在约瑟夫的大腿上。

狂人先生举着糖说:"你骗我?"

约瑟夫说:"这就是那颗被博士巧妙藏起来的定时反物质导弹,足矣摧毁一颗星球。这颗导弹藏在糖内,只有半颗芝麻大小。别撕开糖纸,一旦撕开,就会进入倒计时。"

真是不得不钦佩阿姆斯特朗博士的智慧。

约瑟夫问:"你是怎么进到这个实验室的?"

狂人先生又笑起来,"这是个秘密。"

他将糖放到改装过后的穿梭机内的座椅上，合上门，摁下启动按钮。当穿梭机上的红灯转绿后，则表示传送成功。

于是狂人先生开始进行他计划的第三步。

当他成功地将穿梭机进行第三次改造后，他遇到了一个难题，于是他憋屈地像个小孩耍起了性子，坐到地上，说道："能发光的暗物质都不见了啊，怎么回事怎么回事？搜集来还不见一平方米。"

露丝问杰克："为什么暗物质还能发光？"

她的嘴巴又被杰克捂上。

狂人先生试图向约瑟夫寻求帮助。

当他转过头要起立时，一把手枪正对着他的眉心。

举着手枪的，是约瑟夫。

他的另一只手插在衣袋里。

杰克和露丝分别躲在约瑟夫的两只脚后，探出头来瞧了瞧狂人先生。

"你刚才说我什么？"约瑟夫问。

狂人先生一时说不出话来。

杰克说："快开枪。"

约瑟夫重复了一遍他的问题："你刚才说我什么？你说什么是白痴？"

狂人先生缓慢地合上了他的嘴巴，视线由高坠落，头低垂下来。他慢慢地转过头，枪口突然用力地敲向他的后脑。

杰克和露丝不约而同闭上了眼睛。

挂钟突然停止了行走。

飞碟带着金字塔状的飞行器离开了月球。

只剩下一面镜子孤零零地伫立在月球表面。

35

阿道夫被固定在一面墙上，他的两只手掌、两只脚、颈项和腰际，都被金属装置锁定。他的嘴巴咬着一颗手榴弹，用胶布固定，拉环系在一根长长的细绳上。他动弹不得，恐惧到了极点。

手中握着细绳的是么龙君的私人医生奈哲尔，他歪着脑袋看着眼前这个架中之鸟，十分做作地发出一声惜叹。

"拉！拉！拉！"

奈哲尔身旁的黑衣部下起哄道。

他们的目光一直盯着阿道夫的嘴巴，因为他们无法知晓奈哲尔什么时候拉掉拉环。

"大师说，我们不提倡暴力，但我们使用正确的暴力。是不是这样的！"他似一个演讲家，喊道。

"奈哲尔医生是正确的！"黑衣部下附和着。

"是正确的！"整齐呼喊。

“是正确的！”再次整齐呼喊。

“对于犯下罪行的人，无论他是否处于自愿，都必将接受严惩。是不是这样的！”他再次发号施令。

“接受严惩！”

“接受严惩！”

“你是叛党头脑的傀儡！可悲的木偶！”奈哲尔的眼光掠过一线火光。

阿道夫突然认出奈哲尔来。那张脸，何其熟悉。

“该死的傀儡！”

“可怜的木偶！”

“你真是十分走运，么龙君先生已经驱车驶往首都了！若落入他的手中，你将接受更为残酷的审判！”他沾沾自喜道，因为这是他第一次能自由地惩治犯人。

“走运极了你！”

“我们正仁慈地对待你！”

“审判！”

“审判！”

原来是你……你没死。

奈哲儿看到他的目光，原来他到现在才认出老室友。

阿谀奉承的欢呼声未落，奈哲儿狠狠地扯直了绳子，吊环从手榴弹上哐当一声清晰地脱出。

所有人瞬间停止了呼喊，用双手捂住耳朵。

血肉拼图爆开后，庆贺的欢呼和热烈的鼓掌重又响起来。

"审判成功! 审判成功! "

"找到他的眼球! "

奈哲尔转过身, 他看到一个护士蜷缩在角落里, 用手捂着头, 全身在颤抖着。他走过去, 试图询问发生了什么事。而他只听到护士抬起泪光满面的脸, 她伸出颤抖的手指着上空, 说道:

"月亮不见了, 月亮不见了……"

奈哲尔冲出审判室, 在下着茫茫大雪的夜空下, 他抬头找寻着月亮的踪迹。可只见一片无垠黑色, 犹如杀戮之口。星和云也消失得无影无踪。雪似乎被未知漩涡里的强风抖落。

这的确不正常, 但世界依旧安然无恙。奈哲尔一时不得其解。

当他再回到室内时, 那个向他指出月亮失踪的护士, 已经割腕自尽。血从她的手腕上平整的伤口中汩汩流出。

"审判成功! 审判成功! "

"安静! "

奈哲尔的两边眼皮不约而同地一阵狂跳。

他没有听到来自脑海深处的任何暗示。

:36

　么龙君和爱丽丝几乎是同时醒来的，当他们经历了一场漫长睡眠后，四下仍是一片黑暗。

　雪变小了，但车窗上仍充满水汽，望去一片朦胧。

　可是没管着这么多，爱丽丝就主动地拉过么龙君的手。

　两人下车后，么龙君看到四名部下分别站在老爷车的四个角落，他们连夜看护在车旁。

　在雪地上，由于自身的体重，每一步脚印都陷入积雪中。深度有细微差异。

　爱丽丝抬头仰望漆黑的天际，"我们难道只睡了一会儿么？"

　么龙君也不得其解，他向黑衣人询问现在的时间。其中一个黑衣人回答道："上午十一点过十六分。"

　说罢，黑衣人放下衣袖，令手表藏在袖子内，又将两只手背至身后。

　"那天怎么还是黑的呢？"两人同时发出了疑问。

　由于巧合，他们相视对望了一眼，又不约而同地笑了。

　爱丽丝说："别管了，也容许天睡一次懒觉。我们快赶着这群弱狼回森林吧。"

　四下毕竟还是一片休眠的黑暗。

黑衣人打开手电。么龙君也从车里取出两支。递一支给爱丽丝。

他们赶着一群弱狼，上路了。

弱狼群们跟随着爱丽丝行进。

么龙君和爱丽丝并肩走着，他们之间沉默不语。

两个黑衣人走在他们前边，剩下的两个黑衣人在分别一左一右地站在么龙君和爱丽丝两侧。

六道手电筒的光芒在雪中移动着，俨然是会移动的岛屿上的六座灯塔。

么龙君抬头望着夜空。

"月亮呢？"有个黑衣人喃喃道。

他们都不知道。在这群穿着羊外套的弱狼中，藏着一只真羊。而这只羊亦与寻常的羊有所不同，它是一只克隆羊。应该用"他"吧，因为，虽然他叫多莉，但其实是只公羊。他和世界上第一只克隆羊多莉有着相同的名字，但他并不是伊恩·威尔默特的杰作。他的主人是那个伪装成农场主的科学家。之于他的出世，完全出于巧合。弱狼认为这是它们披着羊皮的同类。多莉是食肉动物，但因为他在这群食素的弱狼中间生存久了，逐渐丧失了天性，于是他也跟随着这群善良但可怜的弱狼一起吃起草叶来。虽然没有血的香味和咬断筋骨时的劲爽，草叶的味道仍令多莉觉得很享受。多莉有一个妹妹，她叫萝莉。但是萝莉却在一个雨夜走失了。因为萝莉坚信自己会在这群弱狼中死去，她不能想象衰老带来的痛苦，她渴望安乐死。于是她踏上出走的旅程。原来，多莉认为萝莉说的是梦话。但当萝莉真正失踪的时候，他才信以为真。他的妹妹就消失在一片雨幕中。多莉无法想象很多事情。此时此刻，他正在一群弱狼中，随着秩序移动，不知道它们将走向何方。他只是偶尔听到身旁的弱狼说，它们要回家了。可是对家几乎毫无概念的多莉无法理解弱狼口中的家为何物？他也同样无法想象。可他想到，家就是一个定居的地方，那农场不就是它们的家么，为什么它们要集体出走呢？多莉想起他很久没有见到博士。博士的面容像石壁上颜料剥落的壁画，渐渐失去了往昔的神韵。转念间，多莉又开始想念起萝莉来。那是个多么善良的妹妹，她惧怕死亡，所以亲自去寻找死亡。想到这里，他强忍泪意，目光低垂。看向何方，又是一片黑暗。只在弱狼部队的最前方处，有几个暖黄色的光点，那是手电筒的光芒。但光就是光，无论是阳光还是带着面具的月光，能指引迷路的孩子们回家的光就是神圣之光。生命和音乐诞生于光里。

大师说，要有光，就有了光。

"这似乎是一条丝绸之路啊。"爱丽丝打趣地说道。么龙君转过头笑笑，但他突然停下了脚步。六个人同时驻足。他们听到了除了风声以外，平原的远处传来了一股不祥的声音。

"那是什么？"

"别动。"

他们停在原地用手电筒胡乱在照着四方。

弱狼群在他们身后也同时停住了脚步。

那声音像一个心中暴怒的巨兽，在咒语被解除之际，怒吼着挣脱了绑住四肢的粗大铁链，此刻正从那幽暗潮湿的洞穴里向外冲。

"龙卷风。"一个黑衣人说道。

爱丽丝和么龙君对视了一眼，显得不可置信。那风暴来得实在突然，他们手足无措。

四个黑衣人跑过来，他们包围住了爱丽丝和么龙君。他们形成一道人体屏障，尽职尽业地贴紧着两个人的身体。

么龙君和爱丽丝此刻正面对面地贴着身子，体内燃生一阵温热感。爱丽丝伸出手抱住么龙君，将脸靠在他的肩膀上，轻轻地在么龙君的耳边说："我不怕。"

他们蹲了下来。

风暴越来越近，雪失控地狂乱飞舞。随之而来的还有尘暴。

突然，那群弱狼像是有了独立的意识，它们向这六个人形成的人体小堡垒冲来。一层又一层地将那六个人埋在其中。

最后一只跑得稍慢的弱狼跳上了最高处，它卧倒身子，闭上了眼睛。

大地摇颤起来，风暴已同他们近在咫尺。

克隆羊的过程，就是从代号为（A）的母羊体内取出她的有核卵细胞，并分离成细胞核与无核卵细胞a；再从代号为（B）的另一只母羊体内分离乳腺细胞，取出其细胞核b。再将a和b融合，形成融合细胞c。将这些代号为c的新细胞在体外培养，融合，等待细胞分裂，形成胚胎d。接下来的步骤变得简单起来了。只要将胚胎d放入代孕母羊（C）的子宫内，让其怀孕。由d在（C）羊的体内发育，生产出来的羊，就是克隆羊。

这就是经典的无性繁殖。

在整个过程中,利用到三只母羊。没有一只公羊参与。

而克隆羊只是克隆大树上的一个分支。

我们要看到这棵大树的主干。

其原理即是由一个细胞复制出个体,而这个个体的遗传物质与提供细胞的生物完全一样。

体细胞,即是生物体内除了精子和卵子以外的细胞。只要提取任何一个体细胞中的基因组织(DNA),便可进行克隆实验。

更简单的说克隆就是复制生命的无性繁殖方式。无性繁殖正是有性生殖的补充。

多莉想起了那只和他同名同姓的克隆羊,她仅仅生存了六天就因为早衰而死。她生得惊天动地,死得风风雨雨。似乎她在开启了一道科学之门又开启了一扇哲学之窗后,就带着福音之身和噩梦之魂,远去羊的天国了。但羊的天堂是否愿意收留她,这不免令多莉也担忧起来。他相信两个多莉死后的命运,绝对是一样的。

"这是多莉,那是多莉,两个多莉。"

在农场最后一天的沉睡中,多莉梦到了他正坐在一个电影院里,那是一个黄金位置,正对着银幕。他看到银幕上一个克隆婴儿在一个女人的子宫里蜷缩着身子。身子半透明。子宫仿佛宇宙,孕育无数星系。每一个生命都是一束独特的光。光就是光。这束独特的生命之光不存在宿敌的黑暗,因为它诞生在特别的音乐中。那段和弦,是幸福的笑声,是温暖的海风,是爱的眼神。

电影银幕突然黑了,多莉的神经被拉扯了一下。银幕突然变成一面镜子。灯光亮起。他发现坐在她身旁的是一个个爱因斯坦，他们有着同样的面孔，同样的衣着，他们将电影院坐得满当当的。笑容诡异。唯独孤独的他，孤独的多莉，置身其中。

这是个噩梦。他赶紧闭上了眼睛。

天国有花园，有喷泉，有音乐。

当么龙君和爱丽丝醒来时，他们相距至少有十米距离，仍是躺在雪地上。

天已微亮，雪停了，风暴也已经过去。

么龙君支撑起自己的身子，站起来，他感觉到从后背传出一阵疼痛感，骨头的呻吟。他弯过手揉着肩膀，另一只手撑着腰部，他搜索着爱丽丝的身影。刚苏醒的她正吃力地想爬起来。于是赶紧跑过去，扶起了爱丽丝。

"我没事，发生了什么？"她说。语调中强忍着身体上的痛苦。

他们环视一周，看到地上零星地倒着一只只披着羊皮的弱狼。当他们的意识彻底恢复后，这才醒悟过来。原来这群弱狼为了保护他们，将他们包围在一个肉体搭起的城堡中，却被残忍的风暴夺去了生命。

那四个黑衣人也已经不见了踪迹。

么龙君试图寻找一只仍活着的弱狼，在雪地上一瘸一拐地行走着。

明亮的天光令他们的眼睛感到一阵不适，当眼睛也适应了这重生一般的天地后，爱丽丝发现了一只双脚仍微微颤抖的弱狼。她赶紧将么龙君叫了过来。

他们试图将这只"弱狼"身上的羊皮剥下来，但他们发现：

"这是一只真羊。"

多莉在颤动了一下身子后，流下一滴眼泪。它的生命之光瞬间熄灭了。

在爱丽丝的脚边，一只毛茸茸的脚像处于惊梦中，身体一阵颤抖。他们赶紧把那只弱狼身上的羊皮揭下来，羊皮精细的做工仍令他们为之赞叹。但已经没了希望。它咽下最后一口冰冷的空气。

爱丽丝为它合上了眼睛，抬头看皱着眉头凝望这只生命已息的弱狼的么龙君。

么龙君抬起头来。

而如今已经没有希望了，整片荒原上像是下了一场弱狼雨，一只只穿着羊衣的弱狼以各种姿势躺在平原上，却没有一丝血迹，仿似它们是受某种神秘力量控制，突然窒息而死的。

么龙君和爱丽丝相拥在一起。热泪在么龙君的眼眶里翻滚。

此刻，那雪地上一具具令人触目惊心的弱狼尸体，像是这台舞台剧无关紧要的部分，仅仅是道具，为了完整，为了美观。

两个孤独的灵魂，化作了两只蝴蝶。它们旖旎从风，飞跃了瀑布的上空，飞跃了燃烧的森林，飞跃了塌陷的城市，它们穿越大气，来到寰宇。然而它们后悔了，因为在太空中，它们无法唱歌。

爱丽丝拍拍么龙君的后背，说："我们走吧，趁这个世界还没有毁灭。"

Chapter
Four

第四章

37

大师的建议是：停止与任何有损于身体健康的一切非物质力量共事，不能让那些负面因素干扰我们的行动。

视点从一个细胞的分裂开始。从微视向宏观。

必须忍住，保持我们出淤泥而不染的清身；必须忍住，不要生非遗传的不必要的病；必须忍住，因为我们体内非物质元素工作的失败就是力量损失的标志。那对于我们的修炼是不利的。就像闪电撕破浮云，停电导致了食物半煮，全身擦遍肥皂后只能用毛巾擦干净。

智慧来源于生命的过程，那是我们在求知过程中获得的经验。生命会教导我们很多事情。当我们清洗干净身上本来淤积的负面力量时，我们则应该进入忘我的冥想状态。无所畏惧地真正开始生活。从好奇的目光开始，学会爱，学会宽恕。当我们只能从温暖的阳光中感受到这个世界是温暖的同时，其实已经无药可救，我们已经被冷藏，变成机器。

我们变成机器后，丧失勇气，体察不到意义，于是灰心，则通过谋求快感来虚霍光阴。

我们将由内而外地衰老。

不知道究竟为什么，感到无能为力，没有能力去改变，如此物质的生活。我们没有权利，对外貌丧失自信。于是开始在泡沫中开始恐惧。随着岁月一天天催促着飞逝，恐惧便导向野心，从羡慕，到嫉妒，仇恨，蔑视，直至自我侵蚀。

自我侵蚀所带来的黑暗与日食所带来的黑暗完全不同，因为结局不同。自我侵蚀必定导致无法还原的毁灭，而日食的时间很短，大地将再次万丈无限。

但也不是无能为力，我们还有残留的力量。因为我们有多余的经验，剩余的积极。在穷途末路时，这些残渣开始默契般集结，变成一股全新力量。但，因为我们敞开的心扉，我们仍旧健在的肉体实相，让我们拥有生命的能量。那诱发我们前进，于是重装待发。剩余价值的能量不会流失。

我们的生命并非完全没有意义。

命运之轮正反流转。

我们将由内而外地重生。

这是亚特伍德最后的思考和精神旅程。

当他睁开眼睛后，被一个身子不高的黑影举枪指着眉心处。

他心里恍然大悟，"原来，你就是叛党头脑。"

黑影骄傲地点点头，他在亚特伍德对面的原石上盘坐下，俨然一副也要接受教育的乖巧样。水母都逃窜到水底。一阵风拂过林海，叶片刷刷摩擦，似乎在向谁发送求救信号。

向大师。

黑影说："明珠作为新的大师作品还未成熟，可这届大师的心已经提早衰竭，我就是在等待这样的机会，见缝插针，趁虚而入，推翻他的统治。那边的世界已经一团糟了。再过不久，我将用这把杀了你的枪对准明珠，将神圣领袖的下一代灭除，于是我将戴上他的金刚圈，成为新的大师。"

亚特伍德充满深意地笑笑，"这就是你的企图么。但文字游戏中做假动作很危险。"

黑影说："我的分寸在我的掌握之中。"

一片橙色竹叶飘落到水面上，黑影伸出手抓起竹叶，在他的手触及池水之时，似乎传递下一阵破坏力十足的负面力量。无数的水母开始以极快的速度浮上水面，肚面朝天，触角漏电，随之枯竭。这些水母全都在一瞬间死去了。

亚特伍德说："你想得到的，不是成为新的大师。而是……"

一声枪响后，紫竹林再没有发出任何声音。

一朵雪花像凝冻的眼泪飘落到地上。

于是镜中世界开始纷纷扬扬下起雪来。

一只巨大蝴蝶张开紫黑翅膀似战机从空而降，它围绕着黑影旋转。

黑影通过池水看着自己的倒影。雪落在他的肩头，他并没有在意。

:38

我看着窗外银装素裹的森林，雪已经在清晨时停了。

我想象着一颗露珠挂在枝头，摇摇欲坠的性感，突然一只鸟落在枝头，露珠便随之掉落，仿佛有人挠了树的痒痒令他手一松掉下了很多珍珠。

但我总觉得此景不妙，因为天气转换得实在太突然。房厅里的篝火被放入两倍的干柴，火焰在不耐其烦地燃烧着。

怪兽仍旧同往日一样，先早于我就起床了。当我下床后，他已经准备好早餐。

我穿着一身亮绿色的军装，这是怪兽为我准备的，我觉得我像躲在避世森林里的逃兵。而怪兽则像是刚从上流社会的通宵晚宴上归来，他穿一身笔挺的黑色西装，胸针处本来别着一只紫红色蝴蝶，现在被他取下，放在餐桌一角。

他的动作中充满慌乱。

"明珠君，我们今天得赶快上路，否则就来不及了。"他将面包放在我面前，说完这句话就转身继续忙活。

我拿起狼角面包，吃起来，这味道似乎千转百换，每一次吃狼角面包都能体味到不同的奇妙滋味。

"可是还没到时间上课啊。"

说罢，我喝下一口奶。

他停止了手中的工作，很正式地叹了一口气，然后坐到我的对面，伸出一根手指，严肃地说道："现在外面的世界已经一团糟了，大师已经奄奄一息，但是没有人知道真实原因，总之现在是叛党特别猖獗的时期。我昨晚收到一个可怕的消息：月影消失了一阵，这极有可能令叛党头脑趁虚而入，进入我们所在的这个世界。而且今天早上我没有和亚特伍德导师的脑电波联系上。所以我们赶快吃完早饭，然后我带你去海边，你得赶快接任大师的重任，否则这个世界就真的没救了。而且为了安全起见，我们得先去找猎人阿塞夫，他是这片森林里最厉害的杀手。虽称之为猎人，但他从不猎杀这里的动物。不过他使用的都是正确的暴力。"

我将信不疑地听着。

餐桌上有一面小镜子，我看到头上的金刚圈和我这身军装似乎极其不符，至少气场上不吻合。我没有提出异议，因为我知道怪兽很清楚接下来该怎么做。将早餐完事后，怪兽将餐具扔进洗碗池，用水泡着，就拉过我的手说要出发了。

"这种紧要关头就来不及管那些了。"他说。

看来情况真的十分紧急，我跟着他，走进了被茫茫白雪覆盖的森林。

"忘了熄火，壁橱里的木柴仍烧着。"我说。

他朝我挥挥手，我们之间已经拉开一段巨大的差距。

他从前面向我喊道："别管啦！那些柴火烧完了会自己灭的！赶紧跟上来。"

说罢他又健步如飞地走起来，我小跑着跟上去。

我突然理解了这场雪所昭示的意义。看到四周白得透彻，阳光清冷，天际上漂浮着的浮云像是一张张包裹着棉花的刀片。那刀片后似乎藏着白色的鬼，它们沉默着，在窥探着这个世界，等夜深时再下手。想到这里令我不禁打了一个寒战。

的确很冷，虽然听不到特别清晰的冷风呼啸，但空气的温度又在骤降。我抱起双臂，步伐加快，但无论我是走是跑，都永远落在怪兽后头。我从他的背影猜测出他此刻的表情，扭曲的表情。

偶尔，他回过头看看我是否有落下，但是一语不发。

"以前有过这样的现象么？"我问。我赶上他。我小跑着，他像是以正常速度在散步。

一只鸟从树上跌下来，翅膀生硬地拉开着，像是冻死的。我的目光一直随着它看，险些撞着一棵树。

"你说什么？"怪兽转过头稀奇地望着我。

"我说以前有过这样的冬天么？下如此大的雪，突如其来的降温。"

"没有过。没有过啊。"他嘴里吐出的白色气团迅速消散在空气中。

我感觉头很冷，意识到我缺少一顶军帽。

"我们要去哪儿？"

森林似乎没有尽头。

"去找皮娜·冯，冯·伊萨克老妇的木屋。她的儿子就是阿塞夫。她们也许在等我们。"

"她是……"

"炼金术士。"

"炼金术士？"

"就是类似于巫术的一种科学吧。这种类型的学问，幻想的成分总比科学的成分多出那么一截。但是皮娜却总能神奇地将科学的成分抹杀掉，但凭着她的幻想就能对物质做出任意要求的改变。"

"是指点石成金那一类么？"我说。

"点石成金是一个科目的总称，含义是将价值卑微的普通物质转化成稀有品。你理解的那样也是对的。"

风渐渐大起来，当我意识到我和怪兽之间的差距时，便小跑着跟上去。我们的语音渐渐在风中变得微弱。

"又要下雪啦。"

"是。"我将身子裹得很紧，为了防止风灌进身体里，我将上衣最高的一颗金属扣也摁上，像戴了口罩。

"我们必须在雪彻底变大之前找到木屋，否则我们会迷失在森林里。现在森林几乎都被雪覆盖了，而且脑电波不易传递，信号微弱。如果迷路的话，我也无能为力。所以加快步伐吧。"怪兽说。

"你对这里不是很熟么？"

"没有一个冒险家到过地球上的每一个角落不是？"

雪说来就来，像是白色花瓣。当雪滑过我的脸时，我头上的金刚圈就紧一些，然后又迅速松开。像被断断续续念了咒，令脑袋一阵不愉快。但金刚圈又没有办法暂时取下来，于是我只好忍着间断的头痛和寒冷跋涉前行。

走了很久，似乎皮娜的木屋远在天边，而我们正在海角徘徊。我脑海里其实想的是大师。我从来没见过他。若说是他将我创造出来的，又何苦不让我见着我的创造者呢。

"别想那些。"怪兽说。

我抬起头，看着他，疑惑不解。

"我能读到你脑海中所想的。你会见到大师的，放心吧。只要我们能顺利地找到海。"

"海？"我越来越不解了，层出不穷的新名词扰乱着我好不容易梳理好的思绪。

"到木屋里再和你解释。恐怕得在那里边避一阵子了，现在雪大得连我也看不清路了。"怪兽将手挡在眼前，通过喊的方式对我说道。

"这片森林是不是这块大地的全部啊？"

"一半是森林，一半是海。完美比例。"

怪兽的声音淹没在风与雪的奏鸣曲之中。

我们终于走出森林，看到一块被树木包围着的开阔圈地。

一座褐色建筑像一块突兀的积木。

怪兽说："恐怕那就是。在这片森林里建这么小个屋子的，只有皮娜一个人了。"

我们步履维艰地踏着厚厚的积雪，终于走到木屋门前。

奏鸣曲俨然变成悲怆的哀号，像牛鞭不断地抽打着我。

:39

"好老的西装啊，没有人穿；

好老的故事啊，没有人听；

好老的先生啊，没有人爱。"

这是皮娜·冯·伊萨克很喜欢的一首歌谣。

她一边哼着，一边鼓捣着一瓶淡绿色液体。

这瓶淡绿色的液体看起来像冲了水的青苹果果汁，又像加入了一些绿颜料的白葡萄酒。普通的锥形瓶。这是皮娜从阿姆斯特朗博士的实验室借来的。说是借来的，其实就不会再还回去了。说实话，已经很久没有见到那个老家伙了。皮娜想着。

这瓶冒着小细泡的液体就是"Elixirvitae"。青春药水。

当Elixirvitae停止冒泡，这瓶液体平静下来。像一个控制力生猛的战士收回自己的脾气。在这张散发着潮气的木桌上，她从窗外看去，雪纷扬落下，白茫茫一片。雪在她的眼中从来不是诗意，那不过是水的另一种存在形式。

皮娜从她的水晶球里，看到建筑纷纷倾侧，天崩地裂的末日景象。但水晶球却将视点停留在一辆吉普车的副驾驶室里。当这辆吉普车同另一辆车在逃亡的过程中当头相撞时，透过车窗，她看到有两个年轻貌美的女士正在从容不迫地跳舞。

曾经在解剖蝙蝠时，水晶球上影现一个词汇。

"Shadowsphere." 皮娜朗读道。

当她再次仔细地观察这个词组，将它们分解开来变成 "Shadow Sphere" 后，即是冰岛语中 "影子球" 的意思。

但皮娜并不知道 "影子球" 为何物，于是她问水晶球。水晶球却沉默了。

当她将蝙蝠的尸体彻底剖析后，才恍然大悟。

原来蝙蝠的心是一块心型的影子，当蝙蝠的心见光后，蝙蝠才真正地死去。

之后她便理解了这个单词的全部含义。

原来，蝙蝠之心，是一块来自阴影领域（Shadowsphere）的心型影子。这里面暗藏的玄机，委实令皮娜赞叹不已。

当皮娜感到困倦时，她便坐下来，研读书架上的书籍。

《Drama der Geschlechtslosigkeit》（无性别的剧本）。

貌似是一本剧本文学，但仔细一看，原来是剧本外衣包裹下的炼金术研究笔记。炼金术秘密被藏在剧本的对话中。皮娜在这本书中，最后发现了"Somnambulist's secret Bardo-Life"（梦游者秘密的中阴生活）的真相。"中阴"在藏文中被称为Bardo，象征着"一个情境的完成"和"另一个情景的开始"两者之间的过渡。剧本说的是一个精神分裂症患者同时患有严重的梦游症，但即使将他捆绑在床上，他依然能进行神游。对于他来说，他能涉足的世界有很多。现实世界，梦境世界，半意识世界，还有太空中的高维空间。他能自由地穿梭在这些领域中。

"do"在藏文中的意思是"悬空"。他在这些世界穿梭过程中便属于悬空的无意识状态，即是中阴世界。

"Bar"的意思是"在……之间"。于是他在中阴世界发生的故事便构成了这篇剧本中最扑朔迷离的部分。最后结局揭晓，令人恍然大悟，原来，中阴世界即是现实世界。但生活在现实世界中的人是不会发现这一点的。

皮娜笑笑，"真是比在梦中梦游历险更刺激。"

当皮娜给Elixirvitae合上盖子，放上收藏药品柜子的最高层时，敲门声响了起来。

:40

皮娜和阿塞夫分别坐在两张单人沙发上。

气氛有些尴尬。

除此之外，还有令人惬意的屋子里的温暖。

皮娜看起来很年轻，完全不是我想象中戴着又高又怪的黑帽，抱着红眼悍猫，穿着黑色斗篷的那种形象。也许我不该将她称为巫师，因为怪兽告诉我皮娜是异域科学界的研究者，异域科学是指在非适用空间环境下进行的元素研究工作。多研究意识与反化学领域。这些学科令我兴趣盎然，但我知道要真正成为一门领域的专家，必须付出一生的代价。

皮娜穿着时尚，垫肩西装，开胸衬衫，紧身长裤，雪白色平跟鞋。身材苗条，骨骼精细透露出不可捉摸的超然魅力。她涂紫色口红，头发微卷，淡淡金穗色，肩上披着散发。她优雅地跷着腿，在喝一杯花茶。

穿过森林到木屋前，怪兽告诉我皮娜是长生不老的，从亚历山大大帝时期一直到反物质导弹都被研制出来的现代，活了整整……那么多年。当我亲眼见证这个冰雪美人的真容时，实在无法想象她是一名学识渊博的高端炼金术士。气质脱俗。

阿塞夫则显得百分之百的男人，他穿着粗糙布衣，沾有灰尘的牛仔裤，坐下后稍显得有些紧身。那双皮靴十分亮眼。

怪兽告诉我说他是个十分善良，而且勇敢的猎人。

他的武器只凭一把皮娜特别研制的小刀和一管装有特别子弹的长管猎枪。我能想象他在打猎时的动作，令人为之倾醉不说，他实在是个迷人的美男子。

"待雪停了，阿塞夫会保护你一直到禁地外。"皮娜说，她的声线也异常迷人。

"可以给我解释一下么，我是说，整个系统我都一无所知。来这里没几天，上了几节课后又被告知世界突陷危机。到头来我全懵了，连我来自何处都无从知晓。"我说。

皮娜开心地笑了，她掩住嘴巴，充满贵族气质。

她对怪兽说："西装小帅哥，解释给军装小帅哥听吧。"

我喝下一口茶，皮娜说这叫"故园花茶"，味道的确不凡。

阿塞夫在一旁一语不发坐姿端正地坐着，像是老实的学生在课堂上听讲。我不曾坐在课堂中听讲，我对课堂这个词有莫名的反感。

怪兽说："镜中世界的规矩你恐怕已经略知一二了。比如说天气变化的原因，这里的地理环境等等。"

我点头。但忍不住偷瞄一眼阿塞夫，没想到他也正在看着我。目光相撞，令我不知所措，我赶紧将头转过来。又看到皮娜在那儿一边抿茶一边偷笑。

"刚才皮娜所说的禁地，就是占地一半的那片海。除了大师和大师作品，没有人见过那片海。海边被一片棕榈树林包围着，那片棕榈树林是禁地的防护膜，只有戴着真正金刚圈的人才能穿过这片森林，否则就会被电死。"

皮娜接着说：

"重点是：那片海的位置是会移动的。并且移动得悄无声息。总的来说就是行踪莫测，连我的水晶球都无法捕捉到它的位置。"她说罢，给我一个颇具深意的暧昧眼神，又起立去沏茶。阿塞夫也起身过去帮忙。

"刚才皮娜通过水晶球，看到了叛党头脑的影子在森林中移动，但具体容貌我们不清楚。总之确定他是潜入这片森林了，这是极其危险的。他的力量果然很大。他能轻易地藏起月影，趁大师昏厥的时候，挟守镜鹿带他进入这个世界来。所以待会儿等雪稍微小了,我和阿塞夫将保护你找到那片棕榈树林。"

皮娜在我们身后又忍不住插嘴道:"军装小帅哥,到那里你就得一个人走了。你头上的金刚圈会保护你。那就是你的身份认证。你将达到那片海的岸边,观赏一场行而上的海啸。海啸过后,你将和大师面对面。然后大师会亲自将你的金刚圈取下,之后你就能坐到大师的位置上,接任大师之位了。你要拯救这个世界。"

"等等,我不理解。大师的宝座?大师长什么样子?他在什么地方统治世界。"

皮娜拍拍我的脑袋,转过一个圈,坐到沙发上,"我们谁也没有见过大师。我们只是在这个世界里尽职尽责地完成各自的工作而已。"

简直像跌入了一罐浆糊中,我这么想着。

"别担心。虽然叛党头脑行踪不定,能力不详,相貌不清,但是他恐怕没那么大的能耐。你有两个最好的保镖保护着呢。"皮娜说。

这回我半信半疑了。

阿塞夫正在整理枪支,收拾装备。

皮娜的脸色突然凝重起来,她目不转睛地看着大理石茶几上的水晶球。我不解地看看怪兽,他也凑过脸看着水晶球。

只见视点以很快的速度穿过紫竹林,以致沿途景色变成一抹紫光。我看到了逆流瀑布。瀑布已经消失,池子干涸,池底暴晒着很多干瘪的水母尸体,亚特伍德导师眉心中枪倒在坐石上,他的眼睛翻白,瞪着上空。风将很多竹叶吹落,纷纷扬扬都是萎谢的橙色,像是被撒下烧成了灰烬的纸钱。

“紫竹林是不会下雪的。”怪兽说。

随后我听到皮娜不可置信地倒抽了一口空气，她将两手捂上脸。水晶球内的图像就瞬间消失了。

心事污染江河，泥沙流进大海，花和月都变成尸骸。

光秃秃的水晶球，此刻显得非常浑浊，像是一颗从僵死了很久的巨人脸上挖下来的眼珠。

这颗水晶球就是一个独眼巨人的眼球。

雪势不见减弱，我们像是丧失了士气的绝望士兵瘫坐在沙发上，各自沉默不语。

“你想听听木耳历险记么？”皮娜对我说。

“我给他说过了。”怪兽对曰。

“那说说送圣诞礼物的小精灵吧。”

“这个我也说过了。”

“那还是说木耳历险记吧。”

怪兽给了皮娜一个眼神，皮娜像个拗着脾气的女孩嘟起了嘴巴。她让身子陷入沙发，不再说话。

茶已凉透。

皮娜突然支起身子，唱起一首她说是自己写的民谣：

“好老的西装啊，没有人穿；好老的故事啊，没有人听……”

淡淡的哀伤和茶香在空气中弥散。

怪兽向我侧过身子，对我耳语道：“其实这首歌是我编的。”

"……好老的先生啊，没有人爱。"

:41

雪停了。

天地格外明亮。

和皮娜告别后，猎人阿塞夫和怪兽带着我上路了。必须是他们带着我，因为我不识路，而且身上没有武器。我只有一个危险的身份。

阿塞夫在前边探路，四处警惕张望。一只猎犬般敏锐触觉。

"这一路看起来十分安全嘛。"怪兽说。

在我们这三个人的小队伍中，难得怪兽终于走在我了后面，令我倍感欣慰。

"提高警惕。不得松懈。"阿塞夫说。

他的声线充满磁性。

我们穿梭森林，视野豁然开朗，这是一片广阔的芦苇丛。覆盖着一层雪白色的芦苇依旧迎风起浪，飒飒响亮，令我心境豁然开朗。在树林和芦苇丛的交界处，一条埋在枯草中的小溪，表面结冰，透过冰面我看到一些红色小鱼在游动。像是冰藏了一个渺小的浪漫水底世界。我们三人走进芦苇丛，芦苇颜色枯黄，但绝不显得衰老。这些旧橙色芦苇足足有两米高，我走入其中已经看不清道路。四周被一片芦苇包围着，如此行进，充满神秘感。阿塞夫用猎枪推开芦苇，令我们两个身材瘦小的过路。一路听见风过浪起，层层芦苇摩擦声翩然入耳。

转眼看见，怪兽俨然变成阿塞夫的样子。

突然，一个黑影从我们头上飞过。

像是胶片中一个黑斑从银幕掠过，无声，快速，毛骨悚然。

我背后一凉，阿塞夫和怪兽赶紧一前一后贴紧了我的身子，他们警惕地看着四周，阿塞夫将猎枪上膛时我听到一个清脆的声音。

"他似乎像要在这咽喉要塞堵住我们。"阿塞夫说。

他们一前一后保护着我，缓慢地向前挪动。

"这黑影就是杀了亚特伍德导师的叛党头脑。"怪兽说，"他用妙计遮住了月影。虽然维持的时间不长，但足以令他抓住时机进到这里。小心了。你得看紧些，靠近我们。"他拉过我的手。

我看着他的脸。因为紧张，他的面目肌肉都警惕似的收紧。

他的眼神像是能感知危险的红外线，四处在搜索。

看着他，我想起了在意识旅行时，那个从海面冒出头的金发男孩。我赶紧否认了我的猜测。不过我还是对怪兽原来长的什么模样充满了好奇。

"我们穿过芦苇丛，就可以到棕榈树林了，在那里，你就要一个人过去了。"阿塞夫说，"我会把枪给你。"

"不行。不能带武器进入禁地。棕榈树会对此敏感的。"怪兽说。

"要是在海啸前遭遇叛党头脑怎么办?"阿塞夫问。

"他应该无法进入禁区。"

"谁知道呢。"

我就凭借他们着装不同分辨两个拉塞夫。

"如果他能进入禁区,何苦在这片芦苇丛袭击我们三个人呢。他还不如直接在海边吹着小风,唱着小歌,等明珠过去,然后单挑单,解决了他。这对他来说更为轻松,更易如反掌不是?而且我们进不去。"

我不知道该插什么话。

"如果你是一个平面的三角形,你能想象人是什么样的生物么。若人穿过一张纸,他们的国家,就是一个不断变化的轮廓。那只是相差一个维度就产生如此大差距。想必叛党是从更高维度的空间来的。能看到黑影应该不错了。"

我问:"是他杀了亚特伍德导师么?"

没有人回答我。

一声枪响从空中传来。

像是在寂静子夜一个盘子突然从橱柜上砸下来。

阿塞夫赶紧用手护住我的头,我们三个人同时压下了身子。

"他有枪。"

"枪声怎么会从头上传来呢?"怪兽说。

"你话真多,看好明珠。"说罢,阿塞夫站了起来。他举起猎枪,三百六十度地转了一圈,探看四围。

黑影似乎从未存在过。

我和怪兽屏息蹲着，只听风过芦苇又吹起一层浪，涛声朗朗，彼此起伏。

"走。"阿塞夫说。他拍拍我的肩膀，我和怪兽站起来。

我们变得更加小心，移动的步伐更加小心翼翼。仿佛不注意就踩到地雷。

"你怕吗？"阿塞夫问。他给我投来一个鼓励的温暖目光。

怪兽拐过手抱住了我的肩膀，说："他是我的！"转而对拉塞夫说："我们保护着你。相信我们。"

那个"我们"说得极为勉强。

我明显感觉到他在逞强，因为他的手心也溢满温热的汗，"不用怕。"

我朝他点点头。

看着他的脉脉眼神。

芦苇尖上的落雪变成一片银色的光，在随风向摇闪。

我看着怪兽，对于一个事实我已经心知肚明。他就是那个从海面上抬起头的金发男孩。

他的眼神。

忽然，我的意识被橡皮筋弹了一下。

阿塞夫忽然转过身，打了几枪，我和怪兽赶紧压下身子。

黑影从我们身后快速掠过。

当我抬起头来，看到怪兽的眉心出现了一个黑色圆洞，汩汩流出腥红血液。

我睁大了眼睛，深深倒吸一口凉气。感觉要哭出来。我崩溃到要吐了。

这时，阿塞夫突然拉过我的手，将我推向前面。

"跑！跑！直直地向前跑！"

我没有移动，我的目光一直看着倒在芦苇丛里的怪兽。

阿塞夫朝一个方向，惊觉地击了几枪，他再次回过头，用力地将手在空气中挥动着，对我喊道："快跑啊！快跑啊！到树林你就安全了！"

其实我一直知道，我一直知道。

枪声凌乱，不绝于耳，旁敲侧击，十面埋伏。

可是你为什么不告诉我？

像是海面上的两艘幽灵海盗船伸出大炮在互相攻击。硝烟弥漫，酒气蛀牙，嘶哑示威声。

"诶诶！军装小帅哥！别痴愣愣地傻站着了！"阿塞夫向我冲过来，我像是被灌了铅的木偶，无法移动自己仿佛落地生根的双脚。

阿塞夫转过身，他宽大的后背贴着我。

他朝几个好像自己也不确定的方向打去几枪，可通通落空。

阿塞夫索性将我抱起来向棕榈树林方向冲去。

一声最锐利的枪声呼啸穿耳，一颗子弹击中了阿塞夫的左肩心，枪险些从他手上滑落。

他挂着枪袋，当他中弹时，枪依旧悬吊在他的肩膀上。

他痛苦地呻吟了一声。紧紧抱住我。

我的听觉模糊起来。

"快跑！"

我从他的怀里跳下。

枪声凌乱如失控鼓点。

一声划破长空的鹰唳。

芦苇涛声与风声哗然交感。还有阿塞夫的催促声。

这一切，都是巧合么？

我转过身，一路抹着眼泪，向前方冲去。我没再回头看一眼。在纷繁的一片杂音中，我听到了身后阿塞夫倒地的声音。但枪响仍不绝，一颗一颗子弹像暴雨砸在他的身上。连半声呻吟都来不及。

请不要记住我。因为你将肩负更大的使命。

我闭上眼睛，猛地向前一跃。

精神，意识，肉体，灵魂，爱意。如同五盏悬挂在我生命之室的灯泡，不约而同地熄灭了。

:42

这是一场在棕榈树林间的狂欢派对。

曾经出现在我的余光中，可是我却未曾在意的美丽，一幅幅浮现在我的脑海。我看到阿姆斯特朗博士古堡的墙壁上，一幅巨大的动态水景图，珊瑚多彩斑斓，热带鱼身材迷人穿梭在珊瑚丛间。3D成像如此活灵活现，这如同经彩虹熏染的水域。

我行走在棕榈树林中，耳旁是浪漫音乐，一派无忧无虑的氛围。

一个古典美女靠在一棵树旁弹奏着古希腊的大竖琴，音乐如丝绸饰耳，典雅尊贵。在奏琴女子四周，坐着一圈细心听奏音乐的小孩。他们朴实无华的装束，天真烂漫的面孔，像是在听天使讲童话。奏琴女子向我微笑，笑靥似矜贵之花，在太空中绽放。

三个黄色大气球在空中过处留下一道彩虹光影。我试图抓住一根绳子，但气球敏捷地逃脱了。它们似乎以我为主题说了一个什么笑话，远远飘去。

一个小丑在不远的地方，喷火炫技。他喝下一口什么液体，朝手中的火把一喷，一头火狮子从火把中嘶吼着出现。一旁小孩鼓掌。小丑又变一个魔术，从空帽子里抓出一把又一把的糖果抛到空中。孩子们激烈地抢起来，欢声笑语，犹如银铃协奏。

喧闹过后，我看到一张长凳上，一个带着草帽的老奶奶闭上眼睛，深呼吸了一口大自然的气息，然后用铅笔在那本淡黄色的笔记本上写下了什么。我好奇，走过探看。她赶紧将笔记本压到胸上，另一只握着铅笔的手在对我左右晃动。即是令我不要偷看，因为诗还没有写完。为了尊重老奶奶，我带着笑意地点了一下头，向她告别。当我走离她时，她在笔记本上写下那首诗的最后一句话。然后伸直了手，将诗放在远处，欣赏了一番，最后露出慈祥快乐的笑容。

在棕榈树林间一片比较宽阔的空地上，一个穿着白大褂，顶着爆炸头、画着彩妆的科学家小心地将草地上的火箭点燃，捂着耳朵踏着跳动的小碎步跑开来。一旁围观的小精灵也捂住耳朵，等待着火箭的导火索燃尽，然后观看火箭升天。可是当导火索烧至火箭内部时，火箭像发了脾气，一动未动。这令他们悬着的心跌落了下来。小精灵们责备地看着那个爆炸头博士。他挤出笑意似的尴尬笑笑，走近火箭，欲探看故障。但是当他走到火箭旁，将两只手环抱住火箭时，火箭突然嗖的一下冲上天空。小精灵们笑声掌声一片。脸变黑的博士颓坐在草地上，成为笑柄的他像个孩子似的哭了出来。

我也被幽了一把默，继续向前走去。

接着我看到了一张很长的桌子，上边摆满了各种各样的美食。还有用橙色竹叶泡的茶。一群肥胖的小精灵们在争先恐后地吃着这些样式奇妙的糕点和甜品。他们吃着盘里的，望着桌上的。一个戴着高帽的厨师十分帅气地抱着一盘新出炉的夹心狼角面包走过来，贪吃的小精灵蜂拥而上。转眼间，那盘子里的面包就被抢掠一空。厨师无奈地摇摇头，端着盘子又往回走了。

再向前，我看到了一群戴着面具的人在跳舞。这里似乎是个化装舞会。

一个和我身高相等的男孩向我走来，他牵过我的手，透过他金色的华丽面具，我也能感觉到他的笑意和善意。他将我拉到舞池中央，到我跟前优雅地鞠了一个躬。随后，他摘下面具，原来他是怪兽，我看到他真实的样子。他的金色头发。他将我抱住。我的眼泪自然地流下来。他将和我共舞的姿势摆好，随着音乐的节奏，和旁人羡慕的眼光，我们跳起圆舞。

一片流光溢彩，歌舞升平，棕榈树林变成极乐天堂。

就在我迷幻于欢乐之际，一声枪响将我的意识拉回了现实中的现实。我看到眼前的怪兽忽然全身僵硬，他的眉心处突然出现了一个流血的黑洞，那黑洞像是要跳出一条毒蛇般，我赶紧松开手，令怪兽直直地倒下去。

无数双锐利的魔爪撕扯着我，无数张长满数排獠牙的血口在试图咬噬我，一根根粘稠的触手环绞住我的四肢。

我坠入了黑暗地洞中的，黑暗地洞。

:43

开灯、开窗。

我在漩涡中翻滚着，所有在急速运转的物质的声音交织在一起，又形成新的漩涡。

漩涡包裹着漩涡，在我的耳蜗中掀起一阵不可抵御的风暴。

音乐完毕又响起新的乐章，城市塌陷又出现新的海市蜃楼。

我看到一个恐怖的战场。飞机，坦克，高射炮，冲锋枪，炸药狂轰。

我的意识河流中混入污浊泪液，那滚滚泪水从我的眼中喷射而出，如同岩浆从山口暴泻。

我看到了一具溃灭腐烂的尸体，他却仍然存在意识，他在脑海中写着一首诗。那诗句上攀附着的每一个字，就像一块砖头，在填补起诗人心中那尚未崩溃的殿堂的裂痕处。

你和生活静默以对，生活就同你兵火相接。

哪怕你和这个世界水火不容，哪怕你觉得你已经丧志了做人的资格。

混乱，焦躁，不安，妒嫉，这些美丽的，令你觉得丑陋。

纯真，善良，慈祥，友爱，这些丑陋的，令你觉得尊贵。

你不懂得感叹，不懂得吹散，不懂得逃难。

但你懂得笑话，懂得风化，懂得吃瓜。

你还有什么不懂，你有什么懂？

熄灯、关窗。

:44

但我没有遗憾。

至少，我看到了那场行而上的海啸，那场意识流的饕餮盛宴。

我也将走向奄奄一息的大师，让他摘下我的金刚圈。

我将成为新的大师。

我站在海边，四下一片精美，犹如被防弹玻璃保护的油画。

约瑟夫用一把手枪指着我的眉心。

在他身后，希特勒举着一把同样的手枪对准他的后脑勺。

希特勒歪过脸对我微笑，他那撇方形的小胡子，突然令我觉得性感至极。

不知是谁先扣下了扳机。

抑或是我们就这般天长地久地永远对峙着。

成为了这幅海滨油画的新的一部分。

后来，是希特勒拯救了全世界。

这不是句笑话。

大师的实验作品 I

Adolf Hitler

阿道夫·希特勒

　　一九四五年，四月二十日。

　　德国首府柏林市的天际灰雾弥漫。一只鸟的羽毛掉光后，它终于失去了飞翔的力量，狠狠撞上国会大楼的巨大石柱。枪林弹雨如同一场涤清视听的声啸，哗然而至，它淹没所有音乐。

　　傍晚，轰炸暂时停歇。

　　希特勒独自走上大街，遍地尸骸，狼藉如此。人去楼空，残垣破瓦，景之萧条。电线败露在大楼外，线路末梢烧结成一团黑稠块。所有资源被切断。纸张，要首签字，未晾干的章红油印，漫天飞扬的破碎档案。

这座代表着第三帝国辉煌的都市正奄奄一息。

那块染霜的方形胡子。干裂的嘴唇。他的左手在抽搐，非得靠拖着，才能正常地被支撑起来。步履蹒跚，像被流放远岛。巨人终有一日日落西山。他将暗绿色军风衣的领子拉至可能的高度。

那枚张开金色翅膀的雄鹰徽章别在袖口上，左胸前，帽檐，都是这个图案。它就像一颗外在的痣。形影不离。

恶魔只能是恶魔，能杀掉恶魔的只能是天使心中的魔鬼。

天色黑得一塌糊涂，像一瓶墨水再倒入另一瓶墨水中。黑得无法反抗。他闻到浓重的弹硫味，腥臭，以及腐尸气息，带来前所未有的恶心。

杀戮：一颗疯狂长大的痣。

希特勒带着冷气笑了一下，继续往回走，

今天是他的五十六岁生日。

他打算回到地下避难室，他藏身的堡垒，最重要的是她，美丽的爱娃·布劳恩。

他心中计划着，这场晚宴结束后，柏林的反击战也将告捷，随后，他将前往萨尔斯堡，在巴巴罗沙山丛林的地下研究所内，指挥第三帝国与苏美的最后决战。战役告捷后，他将登上巅峰宝座。

巷道里藏着一群人围着篝火取暖，那是非官方武力组织。

他踩着凹坑不平的路面前进。隐约的迪斯科舞曲声从远处传来。他嗅到晚会的气息。这诱惑促使他不由自主循声而去。

那是一幢大门已经被炸碎的大楼。拾级而上,十六步阶梯。

他看到火光和一群影子,身姿摇曳,头身不清。一对乳房丰满的轮廓。这样狂欢晚会似乎在等着他。他是最后迟到的嘉宾,将在最后粉墨登场,掀起最高潮。

一个金发女子举着一杯红酒,她从桌子上倒下来。一名敞开胸前衬衫的男军官接住了她。金发女子用手拈着高脚杯将红酒倒在男人的头上,俨然流下紫色的泪。他们热吻。女子用舌尖舔舐男人脸上的酒,她的目光,一把情色之箭,精准地射中了刚步入大厅的希特勒身上。没有人在乎他的存在。

我的元首,您怎么没穿晚礼服。

一盏华丽的水晶灯高高吊在大厅上,光线中能看到一瀑瀑尘埃。房子摇摇欲坠,他们乐极忘形。口红。项链。耳环。玉绿手镯。镶钻怀表。身体的摩擦。头发的湿度。这一切。军帽被随意丢在地上,一对对男女在互相引诱,彼此间磁场在快速感应。皮肉是绽放不死的红莲,不怕冷水,不怕枪弹。

新的星系形成,红唇是恒星在中心。

希特勒随手拿起一杯红酒,像是个局外人看着他们。

尖叫,欢呼,音节紊乱,词语晦暗。有人在喊。一个人的名字,说德语,以及混淆了几种口音的外交官语言。麻木袭击身体,湿烫是酒是血,影影重叠。

他从人群中穿过，喧嚣声逐渐变淡。热浪远去。

一声巨大的爆炸从他身后传来，滚滚烟尘。舞厅被空投弹炸毁。

极乐世界在他身后灰飞烟灭。

庭院中央竖立着一尊青铜打造的圣女像。眼睛空洞无神，已经消失的瞳孔仿佛在凝望这座城市。身体上唯有一条丝绸环绕，大腿丰满，姿势暧昧。四周的其他雕像全都倒在地上，四肢断裂，面目全非。

一只猎犬从圣女旁经过，它似乎嗅着什么，寻找着。却无事地逛了一圈之后又回到了那个站在井边的侍卫身旁。侍卫放下步枪，他弯下腰亲吻一下狗的额头，狗兴奋地摇动着它的棕色尾巴。

那些士兵无视希特勒的存在，当他经过时，没有人向他行纳粹礼，继续旁若无人地谈笑风生。

希特勒坐在一块方石上，这本来是一个雕塑的底座。他合上双眼。左手在抽动。风拂过他的刘海。他的五官细致，身上充满帝国统治者的气质。

他的脸像一张吹弹即破的纸。

他的脑海突然闪现煞人血光。活生生的截肢场面。

当希特勒睁开眼睛，一只鹿正对他含笑。那谜一般的高贵气质。他敏感地探测四周，没有人注意到他的存在，更没有人注意到这只鹿的存在。

"我的元首，"鹿正通过脑电波向他传话，希特勒迟疑似地歪过脑袋看着它，"请你别再欺负这个世界，它容易心碎。"

声音从冥冥之中而来。只见鹿美得令人窒息。

"我已经走到尽头。我的帝国。我将变成丑闻。"

"我只是代表大师来问候你。你是一个温柔的男人。"鹿说。

"大师？"面对着未知的力量，希特勒的语调极其温和。

"大师创造了这个世界，同样，大师创造了你。上帝子虚乌有，大师才是至高无上的神。可你的所作所为令大师非常气愤，也让世界非常伤心。但你仍是大师之子，大师是你之父。大师爱你，尽管你顽劣，你也曾做过最坏的打算。"

希特勒潸然泪下，他用知觉即将完全麻痹的左手抹去了掉落的热泪。

"他们曾经是我最好的将军。"

一条金色蟒蛇从希特勒的脚底探出头来，缠上他的身躯，蛇信粉红色滋滋地吐出来又缩了回去。蛇似乎掉入金池，鳞片金光闪闪。

"你也曾经是最好的元首。但如今，蛇头已老，还怎能奢求蛇身健壮呢。你不是蚯蚓，即使砍成两段还能各自为活，但亦是两头逃。"

他痛苦地抱住自己的头。

一只巨大的银色蜥蜴爬出来。蜥蜴张开嘴巴，舌头上的疙瘩五彩斑斓。蜥蜴狠狠咬住蛇的三寸，蟒蛇狰狞，獠牙啃住蜥蜴的爪肘，毒液在一瞬间注入。

废墟中的所有尸体瞬间全部复活，它们爬起来，吊垂着两手，吐出鲜红腐烂的舌头。他们全部向希特勒走来。

"大师! 大师! 大师! "

他猛然间睁开眼睛。鹿,金蟒,蜥蜴,以及复活的死尸全都不存在。

"这个世界容易心碎。"

爱娃亲吻他的耳垂,闭上眼睛时睫毛轻轻触及他的眼穴。

他平躺在床上,那是噩梦一场。

他看到墙上挂着腓特烈大帝的画像。像脸色煞白的鬼。

随即,巨大的炮弹轰炸声震动了这个地下空间。爱娃紧紧环抱住他的胳膊。

"一八八九年四月二十日。我被包装好,从一个女人体内破壳而出。在我第一眼看到这个世界的时候,我的哭并非因我自愿。当我学会走路时,世界已经在我脚下。战争像个儿童,他没有控制力,本性残忍。我听到:热爱我的人们崇拜着子弹,他们在子弹上写诗。我听到他们心中暴力的种子冲出土壤。我们提倡的并非暴力,而是正确的暴力。我拥有他们,忠诚的党员,他们爱我。我遵循我的路迹,我是他们的信仰,他们沿着我的足迹行军。当我听到铿锵有力的脚步声浩浩荡荡,我就听到了新世界的号角。鹰状徽章反射出一道壮丽彩虹:我的帝国。"

希特勒突然什么也想不起来。任凭时间流逝。

直到这片宁静被戈培尔急促的敲门声打破,"我的元首,斯滕费格医生来了。"

218

　　阿道夫和希特勒：他留着和他一样的发型。

　　他探索他身上的每个细节。

　　一片樱花森林在一片泛着银色光芒的湖水旁，形成一道粉色波浪，湖中倒影着粉嫩的樱花树。湖面倒影着一座金色寺庙。这边岸际，一只狼正和一只鹿相吻。天空清一色灰白，纤尘不染，仿佛圣歌洗涤心灵，如此一面大慈悲镜。当狼与鹿再次亲吻时，金色寺庙的顶端忽然跳出一丛火焰。狼与鹿开始热吻。火势迅猛蔓延，整座寺庙陷入熊熊烈焰，火势快速波及樱花森林。这片火海沸腾，犹如一条条火蛇倾巢出动。火光映天，天空中出现火烧云。一群蝴蝶如风暴般从火海中狂卷而出，铺天盖地，气势如虹。她们的翅膀也迅速地燃烧起来，当上升到一定高度，蝴蝶就化作一片灰烬洒落。狼和鹿仍在热吻，当它们缠绵的嘴巴分开，身后已经一片狼藉。

　　血从他的颈项上的牙印中流出来。

　　爱娃拿起那两粒渗有氰化钾的药片，将其中一片放到希特勒手中。

她说："我爱你，我的元首。"

"我是你的丈夫，爱娃。"他抚摸着她的金色长发。

整个房间空空荡荡。

"爱娃。"

鹿再次出现，它身旁摆着一面高椭圆形明镜，镜中没有倒影，一片虚无。

"大师在新世界等着你，希特勒先生。"

他们将毒药片投入口中。

希特勒将他的脸与爱娃紧紧贴在一起。

他举起那把七点六五口径的黑色瓦瑟手枪。

在生命的最后，他什么也没有听到。

只得一颗纳粹星球停止转动。

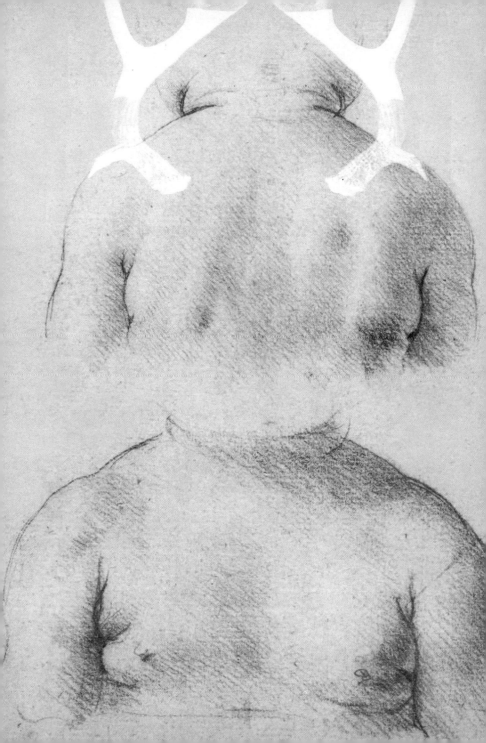

大师的实验作品 II

Leonardo da Vinci

莱昂纳多·达·芬奇

莱昂纳多·达·芬奇坚信，任何知识都是实体。

科学的眼睛是一颗炙热的好奇心。

你的一切活动都在大师的监视下。

莱昂纳多举着烛台，沿着靠岩壁修建出来的旋梯拾级而下，他的长袍拖在地上，袭袭惹起黄尘。

这个秘密的，被遗忘的空间在一所医院的地下。隔壁的太平间从来没有传出过歌声。那是院长为他提供的研究场所。

在当时，解剖尸体有违教义，被严重禁止。但莱昂纳多要求一定得亲自动刀。他在这所医院地下室藏尸间隔壁的一个简陋暗室里，凭借简陋设备，进行人体研究。

他举起一把细长的手术刀，沿着这位暴毙而死的孕妇的胸口平缓地切开一道口子。

尽管戴着口罩，人肉腐坏的气息依旧传入鼻腔。

他用铅笔在图纸上进行草稿。

幽暗烛光下，他仿似听到纯净的哭声从脚底更深处传来。那里沸腾着一颗一旦出示便会爱上某个人并宁愿赴汤蹈火的心脏，那心脏还小得可怜，他还未同一个新生婴儿的肉体联结。这颗未成熟的心脏在孤独地等待着，它在等待着宿主，等待着皈依新生命的统治。

每当进行人体解剖，他总是孤身一人完成。四下一片寂静。透过天井无法望到月亮。

莱昂纳多会在天亮前回到地面，赶在曙光万丈之前回到家中。

他生命的齿轮在加速转动。

他坚信，探索需要竭尽全力。

维特鲁威人爱的是他的灵魂，不是他的肉身。

谁知道呢。也许眼前这位是乔宫达，也可能是伊莎贝拉伯爵夫人。只是无法留下印象。

苹果核里并不是另一个宇宙。

莱昂纳多对卡普罗蒂说:"我们不能被表象所迷惑。"

"但唯一我无法动摇的,是我深深地爱着你,莱拉。"他想。

莱昂纳多面对画板愣了很久,一旁静静站着等待杰作出世的侍卫们在凝神以待,他们不知这位画家的心中正在进行无关的思考。

此刻他消除了多余的顾虑。

莱昂纳多站起来,他对眼前的女士说:"您真是令我印象深刻。不过请容许我带着这份敬意和爱意,回到我的工作室完成这幅作品。"

女士站起来,身姿窈窕,"达·芬奇先生,您的技艺和才华令我惊叹。我想,我批准您。请自由地完成它。如果您能将此画定名为《蒙娜丽莎》。"

莱昂纳多点点头,亲吻那位女士的手背,女士莞尔一笑。他收拾起画具,拒绝了侍卫的指引,花费一番精力才走出复杂的皇宫走廊。

此刻坐在莱昂纳多·达·芬奇面前的是卡普罗蒂·莱拉,这个令人颠倒梦想的俊美女子。她背后是一扇敞开的百叶窗。

藤蔓青色,有细虫静默。

卡普罗蒂穿着一身轻便黑纱,右手随意地搭在自然垂下的另一只手上,护着手腕。轻描淡写。

卡普罗蒂说:"老师,很久没有听您关于天文的见解了。"

莱昂纳多享受地看着眼前的爱人,他在作画,"我的莱拉,见解必定带着误解。"

他换了一支画笔,笔刷上涂着润润的水,"地球正围绕太阳进行周期旋转,月球是地球的卫星。它们三个人,三个人都孤独。"

像突然想起了某句诗,"所有的真相都要通过想象力来发掘。"

卡普罗蒂·莱拉说:"我热爱太阳的光芒。"

莱昂纳多暂停作画,他做一个深呼吸。尘埃在空气中少见。颜料气息犹如花香弥漫,沁入他们的心脾。

"这个画中的人,我该叫她蒙娜丽莎,因为这是我欠了那位夫人的债。"完成画作后,莱昂纳多向后退了一步,带着如释重负却极其喜悦的心情在欣赏。

他挽过卡普罗蒂的肩膀,轻轻亲吻她的额头,仿佛来自天堂花园的芬芳令他释然。

蒙娜丽莎的微笑令人心醉,那是超逸于平庸的圣洁。再也没有比这更迷人的面孔了。身后远景被薄雾笼罩,交错的磐岩,一片若隐丛林,不约而同的沉默。她像一面至柔的镜子,反照着这个充满刻薄的世界。素淡的黑色衣着。蒙娜丽莎是无性别者。他仿佛听到了来自温柔乡的合唱。

"她怎么和那位夫人不像呢?老师。"无论如何,卡普罗蒂还是习惯称莱昂纳多·达·芬奇为老师。

"这张神秘的面孔,一半是我,一半是你。我们在其中融合。我是冰山,你是熔岩。我们在一起便成就完美。"

他其实一直在欣赏着卡普罗蒂的侧面，尽管他知道在画作中能传递完美视觉的是四分之一侧面，但在现实的视野中，他知道卡普罗蒂无论哪一个方向，看上去都是完美的。

大师喜欢蒙娜丽莎。

"世人是不会发现这个秘密的。"

"我爱你，我的老师。"卡普罗蒂·莱拉说。

他们之间的唯一一次争吵，来自贾克莫。这个被莱昂纳多·达·芬奇从街头拾来的流浪儿。

但莱昂纳多真正的爱情之花绽放在那块叫卡普罗蒂·莱拉的土地上，只有那片土地能孕育出那独一无二的花朵。

只是此刻，花朵正面临前所未有的浩劫。莱昂纳多必须拯救这朵花，于是，他选择了一个夜晚，风雨袭城。他当着卡普罗蒂的面，同样在那个产生误解的地下室，将贾克莫生生剥开。

手术刀反射着冰冷烛光。这样的残忍举措却挽救了那朵奄奄一息的爱情之花。

卡普罗蒂·莱拉重新燃起了对莱昂纳多·达·芬奇超然于所有物质和精神的爱。

那种爱意犹如光滑圆溜的裸体，正张开一双精美雄劲的翅膀，在电闪雷鸣的夜色中翱翔。

当刀口划至肚脐，莱昂纳多收起了刀具，卡普罗蒂从背后紧紧地抱住了他。

一阵冷风将地下室的烛光吹灭。

内心的欲望之火代替烛光熊熊燃烧。

他们在贾克莫尚未合眼的尸体旁，在这片消除了误解的黑暗中，酣畅淋漓地。

"这个肮脏的世界是为我们量身设计的床。必须牢记我们不曾上舞台表演这一点，我们一直恋在床上。"

艺术殿堂就在性爱之海的正中央。

莱昂纳多·达·芬奇携着卡普罗蒂·莱拉来到天台上。

他对着阳光举起他的手稿，工整的笔记密密麻麻，以及相衬的草图。这些文字看似古碑文，对于无法解读的人来说就是一排排陌生的密码。

莱昂纳多将手稿进行横向地一百八十度反转，上边的文字便可以被清晰地读取了。奥妙呈现。

"这样就能读懂了，"莱昂纳多看着卡普罗蒂，"这是属于我们两个人的秘密。在我死后，我希望你能整理我的手稿，并将它们付梓出版。"

卡普罗蒂抿起嘴唇，肯定地点点头。阳光咬住她的脸。

与非人类的交流使莱昂纳多·达·芬奇从身体上获取了某种快感，那种快感如烟花出世，骤冷，瞬间陨逝。

第二天一早，莱昂纳多在天微亮的时候就醒来，为了不影响卡普罗蒂的睡眠，他小心地移动着自己的身体从床上下来。卡普罗蒂翻了个身，发出一声微微的鼾鸣。似乎从一个梦进入到另一个梦中。她抓着枕头一角的手轻轻触动。莱昂纳多看着她，会心一笑。

接下来，他便投入紧张工作。

在莱昂纳多的机械发明领域，他发明了最令他骄傲的一样飞行器，若用外貌特征来取名的话，就叫飞碟。

直到这张图纸被盗。

"我所绘制的所有人物，不过借鉴了那些皮肉幻觉，将颜色包裹在你的骨骼上。我的莱拉。我的心脏将永远为你跳动。"

"我只想听着您的心跳声入眠，老师。"卡普罗蒂·莱拉说。

一四五二年，莱昂纳多·达·芬奇诞生。他颠簸的生命列车最终在一五一九年抵达终点。

列车在进站后进入缓冲过程。

他看到一只鹿在月台，守在一面高椭圆形的镜子旁。

莱昂纳多眼前一亮。

"请问，你来自何方？"我们听到他体内的齿轮已经锈迹斑斑。

"我来自镜中世界。我代表大师。我将带领过世的你来到那里。在镜子里，没有愚蠢的艺术。"

鹿的声音通过幽冥，变成波路，藏在光里，最终传递至莱昂纳多的脑中。

"至少你的心血将成为你的光环。在这个俗世今后的时代里，你会成为偶像。你制造了一个令大师都心悦臣服的谜。谜面就是那幅叫《蒙娜丽莎》的油画。"

鹿的声音慢条斯理，像是在朗读一首不押韵，但充满感情的长诗。

五月天，克鲁克斯庄园的上空没有一丝云彩，澄净的天空就像一个藏着谜团的谜团。莱昂纳多·达·芬奇在弗朗索瓦一世的怀中吐出最后一口气。此时，卡普罗蒂·莱拉却在遥远的距离外悲伤地挂念着她的爱人。在这个世界用尽最后的力气念出最后一句诗歌的地方，莱昂纳多和世界一同倒下。他就这样飞向无限去了。

他说：鸟类之外无蝙蝠。

莱昂纳多·达·芬奇的生命之钟还未来得及整点报时，秒针就停止在距离数字12最近的位置上。他热爱的世界同时熄灭了灯。他生命的列车最终停下。

鹿背着这个胡子花白的老人走进镜中。

大师爱的是他的灵魂，不是他的肉身。

鹿罕见地露出一丝蒙娜丽莎般的微笑。

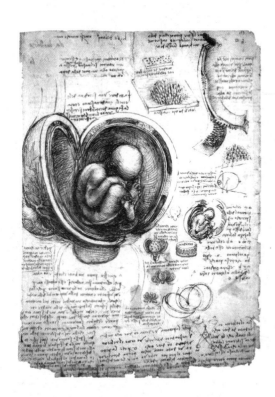

大师的实验作品三

大久保松惠

いいじまぁい

大久保松惠的中文名字叫饭岛爱。

伊藤说：爱珍。

毛毛虫躲进黑茧里，它简单的渴望是成为一只蝴蝶，并不是为了美丽，而是因为自由。

她从小遭受严重家庭暴力。变成蝴蝶后，便竭尽全力想要飞离苦难，即使世界已经沦陷苦海。一片哀哉。

如果连地狱都有入口。她仍坚信彼岸存在。

她的身体上充满难看的血瘀。

"如果你们没把我生出来就好了。"她任意靠坐在卧室的角落，阳光无情地照亮整个空间。

"你最好去死。"父亲愤怒地。

像是吞下一颗石头。

于是她逃出家门。当在走出院子的时候，彻彻底底灰了心，就这么轻易地粉碎了，连渣滓的轮廓都那么清晰，犹如宝物。

可怜的蝴蝶。

"我的爱。"她听到他说。

大久保松惠走上空无一人的天桥，似乎是她的幻象。傍晚时分。

天桥的一边衔接街心花园，另一侧衔接至高架桥下的繁华商场。两块高高的铁丝网在桥面两侧被几根细钢管撑起来，像是筑起一道充满抱怨的屏障。

她趴在铁丝网上，眼神如此空洞。望过去既没有夕阳，也没有爱人站在夕阳下。只有马路，那些车辆。什么都没有，对于她。这是城市的冷漠，充满隐喻性冲突。

"我的爱珍，请不要彷徨。"

一只鹿出现在天桥上。

那显然不是通过空气传递而来的声音，而是确确实实传达至她的脑中, 鹿的嘴唇俨然关合着。

她转过身来, 面孔瞬间被阴影覆盖, "如果我是世界, 那残忍就是风, 无处不在, 无孔不入。"

"你只是缺少一件御寒的外套。但真正能保护你的, 只有你自己了。明白么? "鹿的声音慈祥而安宁。

大久保松惠轻描淡写地点点头, 似乎只有她自己知道的心动。她的心亦未因此倾动。

"而我现在能做什么呢? "她在内心询问自己。

睁开眼睛时, 那只鹿已经消失了, 一朵风尘之花都未留下。

"此刻的你, 必须踏着自己的影子行进。"鹿说。

末日正暧昧地向这个油腻的世界招手。

转过眼, 她看到夕阳炙热, 光芒万丈。

大久保松惠穿着素雅连衣裙。她走进一家废弃的军工厂。天空乌云密布, 似是掩人视听的巨大谜面。

要明白, 总是先有谜底, 才有谜面。

谜底不甘于寂寞, 在深层的黑暗中, 更多的事物变成谜底。

当我们作为一个谜底的时候, 并没有谜面包裹住我们, 但我们依然没有安全感, 感觉寒冷, 凄裸。无所谓。

所以我们依赖音乐。

她看到一个印第安小孩坐在坦克射筒上。两只小脚悬空悠闲地晃动着，犹似嫩藕在招摇。当她再仔细一看，小孩的背部长满了湿疹，手臂上尽是毒蜂蛰下后留下的血泡，他甚至于没有预感。属于瘟疫的皮肤。

荒草遍野。土下没有一具干尸，没有染上炮灰。

"爱。"小孩在叫她。

大久保松惠抬起头。小孩在向她招手。

"上来吧，这里的风景很好看。"

她便应了邀请，爬上坦克。

因为年代久远，坦克的轮列中钻生出参差杂草。但坦克仍十分坚强地滞留在这块荒地上。这是一辆孤独的坦克。犹如一座小岛。小孩坐在岛端。在它的四周，只有一些锈迹斑斑的断钢管和藏着小蟾蜍怪虫的污水滩。它在等待号令，等待勇敢战士进舱开战。

炮管上正坐着一个印第安小孩和一位美貌的迷失女子。大久保松惠坐在小孩身后，像是骑坐在一匹马上。印第安小孩张开双臂，欲试比飞机翱翔。她赶紧抱住小孩的腰部，稳住他。

孩叫嚷着。

他说：太阳，战场。

遥望而去，一架架陈破的飞行战机错列有秩地展现在眼前。景象令人激动。小孩身上的疱疹开始消隐，他的皮肤干净而滑润，抚摸上去感到微热。他像是以快进的方式在进化，从一个病恹小孩变成粉红少年，他的内心充满憧憬与想象，他的骨骼发育完全，肌肉傲然呈现。

大久保松惠看着眼前这个自娱自乐的小孩，正乐在其中时，突然，坦克震动了一下。他们两人瞬间向后方滑了一阵距离，她将小孩拥得更紧。

坦克便随之向前行驶。

引擎声以及碾过杂草地时传来的滋滋声交错入耳。

眼前的飞机一排接着一排起飞,嗖地一声向遥远的天际尽头飞去。恍如错觉。耳旁蛙声连叫一片嘈杂。他们犹如身置战场前线,眼前的小孩正以惊人的勇气和敏锐的观察力,振声有色地指挥着行动。

仿似胜券在握,敌方定会败得一塌涂地,落花流水。

一个英勇的战士扛起冲锋枪就向潜伏着敌军的险地冲去。

"第二小组跟上! 从右侧进行支援! "

"前进! 前进! "

将军充满激情地发出号令。

"将敌人包抄起来! 重重包围起来! 后方快跟上! "

指挥长挥舞着手臂。

"请求掩护! 你们趴下! "

"快躲到战壕里! "

"小心前进! "

……激动人心的战争却突然像电影般遗失了高潮处的胶片,戛然而止。

光和影,子弹和飞机,头盔和迷彩服都在一刹那间变成炮灰。

充满想象力的美丽之心被子弹打中。灵魂升入色即是空的空中。击碎了包裹着谜面的谜底。

大久保松惠抱紧小男孩。她说:"天黑了,让我带你回家。"

小男孩坚决地转过头,眼神充满光芒,望着这个漂亮姐姐,他的声线稚嫩却有力,"在战争还没有结束并取得胜利之前,我是不会当逃兵的!"

　　"这是我的责任!而且我不怕天黑,战争结束后我能自己找到回家
的方向。"

　　"家是一座漂流的岛,它会改变位置。当你迟到后,旧的星座已经不
能指引你回家了。"

　　"你错了!纵使万家灯火都一模一样,我依旧能一眼就辨认出我家
的光芒。"

　　"战争会毁了更多的家庭。"

　　"即使没有战争,家庭也会毁灭。"

　　"大师教导我们说,我们不提倡暴力,但我们使用正确的暴力。"

　　男孩驾驶着他的战斗机又冲进战争的硝烟中。

　　"我只希望我能和平。而全世界的和平,就交给这个孩子吧。"

　　大久保松惠这么想着,她跳回到地面上。回望这个飞行的孩子,战机
毛茸茸的金色轮廓。她觉得这孩子是一块蕴藏巨大能量的金子。

　　她相信,她的人生会渐入佳境。她会更加成熟。她将和她爱的人共
度余生苦难。

　　大久保松惠在酒吧里仅用三周时间,就变成第二小姐。她最好的姐
妹波多野节平仍风雨不摇地坐在冠军宝座上。

　　这两个陪酒女郎正疲倦地倒在床上。这是她们合租的一间房子,白

天宽敞明亮，犹如被清空的宫殿。

天空微微亮飘过几片浮云。大久看着波多野手腕上的一只金表，"这表值多少钱？"

波多野举起她的手，她的紫色眼影还没洗去，沾沾自喜地看着这块表，"这是服部先生送给我的生日礼物，价值这个数呢。"她张开手掌，五根手指像五把炫魅的匕首闪烁冷峻光芒。

这两只高贵的天鹅便在接下来开始讨论今晚的趣闻和收获。各种首饰被随意地拿出来晃晃眼后丢到地上，又因为床边铺设了一圈地毯，所以不至于担心这些华丽的饰品会砸出裂痕。

一只黑天鹅，一只白天鹅。猎人究竟爱着谁？

"摘下你的人皮面具吧。"白天鹅说。

两条矜贵的蛇在一起缠绵，亲爱的蛇信，交尝着不同唾液里不同口红的味道。香气交织，如同笼上一层动人迷雾。雏菊，薰衣，迷迭。毫无瑕疵的肉体。生命原始的欲望。

身体是欲望的故乡，欲望是身体存在的意义。体内原始的暴风雨将心扉一关一合猛烈扇动。

黑天鹅吐出两个音节。像是两朵永生之花。

生命之诗如此高潮跌宕。

那张人皮上完美地粘着两面重合的人肉面具。一面在狂笑，一面在哭泣。

她说：救我。

黑天鹅靠近白天鹅，轻轻亲吻羽毛。过吻之处绽开灵魂水仙，水仙又变成仙女，在这两具相依取暖的身体上施展某种法术，床俨然间就变成一朵巨大花盘，花盘里睡着这两只绝色天鹅。

My Love, This is a Wild World.

"我想将我的卵子冷藏起来。我想要个孩子陪在我的身边。"大久保松惠对医生说。

"其实，你已经有身孕了。"

"这就是你昨天在……片场，会突然呕吐的原因。"

就像一只被猎人射中了大腿根部的鹿在河边倒下。

她以为她不知道：关于咳嗽，呕吐，噩梦，命运，她认为这都是病。她认为她懂得自己的身体，并且要好好爱护。她就说出她的决定。用孱弱得几乎听不到的声音。

医生保留他的意见。他只说，请签字。

大久保松惠和波多野节平同时被凄厉狂乱的警笛声惊醒。

这个早上异常的不平静。像是把正在演灾难电影的音箱搬到了她们的房间。床板不安地躁动着，甚至连天花板都开始出现晃动，尘埃被抖落。直到一杯盛着水的玻璃杯从床头柜上摔下，她们的意识才彻底地清醒过来。

在一片晃动中，她们压着惊，吃力地将自己的身子支撑起来。

她们看到房间里的一切都在混乱地颤摇。柜子上的酒瓶统统砸到地上摔裂。

接着，她们同时冲下床，来不及为仍是赤裸的脚找一双拖鞋。

朝窗外一看，景象更是触目惊心。人群像一只无头苍蝇在街上乱窜，如同荒鼠世界乱世降临。如同蜂巢内的暴动。

大地的摇颤越来越厉害。

一阵最猛烈的颤动突然袭来，她们试图伸出手抓住彼此。

霎那间，巨响由远及近，犹如一只巨兽正在附近的大地上奔跑。

一把隐形的巨刀将房子破成两半，轻易如斧锤砸蛋糕。

她们跌倒在裂缝两侧，下意识地狂喊着对方的名字，但她们的叫喊根本微不足道。淹没在声浪中。

大地的脾气似乎突然好了一些，颤动逐渐微弱，大久保松惠抓紧了这个难得的机会，退后几步，纵身一跃跳过了巨大鸿沟，她紧紧抱着波多野的身子。波多野在狂烈地颤抖中，鸡皮疙瘩在她每一寸柔嫩如雪的肌肤上泛起，似乎在预示着可怕噩兆。

波多野却像拗着性子一般，反扯着大久的手臂想要令她一起跌下来。

抬头望去，黑云压城，恐怖笼罩在城市上空。

"这是地震么？"

"比地震要严重得多！"

还未等她语音落散，大地又开始剧烈地摇颤起来。雨点落在两人赤裸的肩膀上。只见乌云翻滚而来，如滚滚巨兽变成庞然烟雾，大雨凶猛。一幢大楼轰然倒塌。

大久保松惠一只手抓紧了床沿，她条件反射地蹲下来，两人同时遮住了耳朵。随即是一声闷雷，紧接一道金色闪电。在以为要平息之际，又一声雷轰然炸开。

波多野竭尽了全力地喊出来。这边房子瞬间忽而倾斜，骤然失去的平衡令她们尖叫。

"地震只一下，而这灾难持续了很久！"

大久保松惠使尽全力用尽了拉过波多野的手，试图拉着她逃出危在旦夕的房子。

"恐怕是……"

"哪有这回事呢！"

波多野终于鼓起勇气站了起来，可就在走不及三步时，脚掌突然被一块碎玻璃扎伤。大久突然感觉到左手的负重瞬间增加，转眼只见波多野用手抓紧了一只脚在痛苦的呜咽。她咬了咬嘴唇，一股力量燃生在体内。她将波多野抱起来向楼下跑，这力量也明显吓着了她自己。

她们终于冲到地面上，景象一片狼藉，真实地上演着惨烈的剧情。

波多野从大久的身上跳下，她将那块扎入脚心的玻璃拔了出来，血光四溅，顾不得那火辣的生疼，她赶紧将手扶过大久的肩膀，扶住了精疲力竭的她。

她们向宽阔的主街道狂奔而去。

警笛声已被焦躁的鸣笛声覆盖，犹如强涛吞噬弱浪，残狼撕裂绵羊。

人群从她们身边仓皇跑过，他们根本不知道该跑向何方，只是拼命地向他们以为安全的地方冲去。甚至有的人干脆坐在原地，任由地面的颤动令他们跌到，然后跌入地面的缝隙中。楼房不停地倾倒，如同积木被生气的恶童一掌掴过。

她们的脚踩在水坑上，就不觉得水泥地有多么生硬了。

有人听到造物主的嘲笑声。

注定血流成河，万物落灾。

波多野节平说："不如我们跳舞。"

大久保松惠露出一丝迷人的微笑，她赞同。

一辆疾驰的吉普狠狠撞上一辆如赤马奔跑的梅塞德斯。

热舞中途，她们紧紧相拥。

她们的身体开始燃烧。却没有长出血红翅膀。尸骨灰烬化作只只蝴蝶。

远处，一股股高速旋转着骄傲身材的龙卷风，正朝着这片蝴蝶曼舞的大地而去。

大久保松惠猛然间睁开眼睛。她卧倒在病床上，四下一片安静，阳光柔和打在波多野的脸上，于是陷在一片朦胧光影中，楚楚动人。

她闻到波多野身上传来香水味，来自女性海洋的气息。精致的金色刘海斜搭在额际上，眉毛经过精心剪裁。

她说："堕胎后，你已昏迷三天。"

看见大久保松惠已然清醒，两名护士及时赶到，为她换上新药瓶。

波多野节平拿起床头柜上的一个苹果，她的嘴唇在动，不时露出甜美微笑。

将断掉的苹果皮扔到一旁。至于波多野究竟说了些什么，大久没能听清楚。

唯一引起她的注意力的，是波多野手腕上的一只崭新金表。

"来，吃个苹果。"

波多野甜美的笑容却令她觉得是那么的不真实。

她迟钝地接过苹果。

波多野站起身来，到病房的阳台上洗手，她将小刀的两面都冲了一遍水，极其细心地在收刀前用指尖抚过刀面。

饭岛爱看到她的动作，心里一阵发麻，她恐怕波多野会用那把洗净的刀插入她的心脏。

而那颗可怜的苹果，滚落地上。它的裸体就肮脏了，饥饿的人都会嫌弃它。

"肮脏的裸体是会被嫌弃的。"她这么想着。

在非意识的控制下，她咬下了一口苹果。

二零零八年的平安夜，饭岛爱趴在酒店的窗台上，吹着说不出温度是冷是热的风，遥望城市夜色。

她的心被一只叫孤独的怪兽叼着，在雪地上彳亍。

她的指尖拈着一根烟，烟灰随风而逝。

令她感觉可悲的是，烟草在燃尽后会升入香烟天堂，但烟头仍悲哀地留在人间，任由蹂躏。她觉得她就像一只老烟头。

"可你是最美的香烟。"鹿对她说。

"我忘记了，谁曾经吸过我，谁曾经对我上瘾，得到快感。"

"如果你从上空俯视那未曾爆炸的原子弹，你的脑海中会想到什么？"

"广岛之恋。"她为自己的回答感到自豪。

如果那颗原子弹没有爆炸，就没有那场恋爱。

在大久保松惠的脑海中，有两个尚未崩溃的悬崖。

A和B。

A是她生命的起点，那里鲜花拥簇，交织着许多期盼与好奇的目光。暖阳，微风，花香，和笑容。清亮的歌声总是在黎明时传来，犹如冬去春来，一个崭新季节。音乐为世界戴上了光环，世界以音乐为荣。遥望而去，一切静默而美好。

在B处，则不容许写作者寻找到任何合适的词句去形容它。它笼罩在一片深浓的迷雾中。这片迷雾里是一个完全无法想象的世界。

世界提早崩溃，拖着黑色尾巴的鬼在A和B之间的深渊下游荡。它们哭泣。

A和B之间拉过一条钢丝，大久保松惠正在上边行走。

"大师曾将你指向锦绣前程，但你却因为爱情冲昏了头脑。"鹿说。

你的告白会令大师感到宽慰。

大久保松惠在钢丝上沉默而缓慢地行进。

"你很美。"鹿说。

她淡淡地笑了。

终于抵达B悬崖，她未曾回头望一眼。

她脱下全部衣裹，赤身钻入迷雾。

走进一面高椭圆状的镜子。

迷雾散尽后，A和B相继崩塌。

大久保松惠知道，那一切不过是她参与的命运。

宇宙中，只有地球上有花。

她走到大师面前，睁开了眼睛。

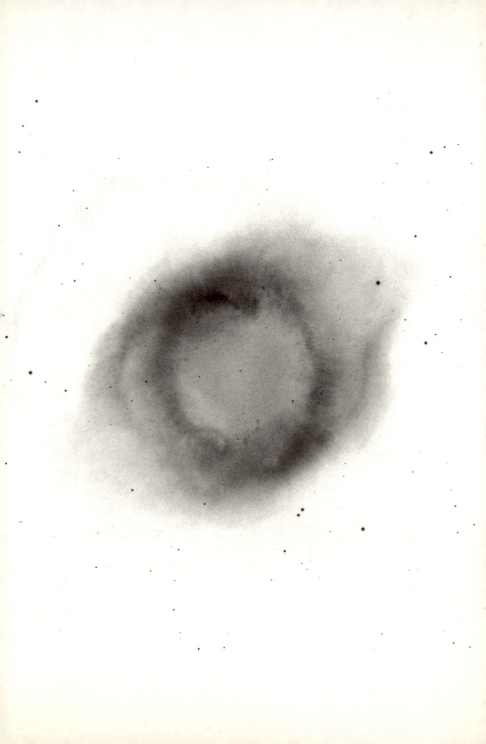

文字师游的戏

大俗大雅

究竟，现代是否是艺术的黄金时代？

我们正在观赏一场在岩洞里表演的大型现代舞蹈。

领舞是一位身材瘦弱的女士，她在舞蹈的过程中，闭着眼睛，封闭了视觉，同时麻痹了听觉。她忘记了昨天晚上与另一名女子做爱时所抵达的圣域，那里令天使流连忘返，那里令魔鬼闻风丧胆。她也忘记了自己的名字，所以我们不能透析她的意识了解任何信息。

这名女子身着单薄的黑色素裙，两只纤细如莲杆的脚像一把圆规似张开，在地面上划起水花，如灵魂泪水乍溅。女子一直背着手，她不曾将两手张开，那是她认为为了女性之美所应该收敛的动作。

虽然芭蕾是一种古典，但古典并未意味着不能亵渎和否决。科学家发现真理死在燃烧的鲜花广场。否认真理的一群庸头之徒却仍兀自游泳在酒池花天。

她沉醉地将身子靠倒在一名壮健男子的身体上，男子张开展现着肌肉曲线之美的双臂环抱住孱弱的她。女子瞬间睁开了眼睛，两人移动至光线之下。

空灵之室中传来鸟撞岩惨死的惊叫声，这不免令专心于与灵魂进行肢体接触的舞者们意识一惊。

但惊鸿过处,踏雪无声。

一阵莫名的静默后,他们同时塌软下去。

岩洞下连水影都未晃动。

一只水母跳出水面,它渴望氧气,但不巧碰到了一部现代舞蹈的收场。这收场像结束的战场。精神的尸骸苍白又惨绿,暗蓝又猩红。没有音乐。所以水母认为,现代舞蹈是镜子照见死亡,低等得忘记了本性。

舞蹈将肢体语言的苍白无力发挥得淋漓尽致。完美舞蹈跳到断肢。每一个时代的进步之眼中,都可以看到这样的崩裂面不断扩大。就像地壳移动,最终难免沉没于海洋。那海洋就是音乐。

大俗大雅相辅相成,完美融合。

因为《读书》这幅画,毕加索的妻子看出他的婚外恋,携子离家出走。毕加索对于美术的苍白无力没有任何感触,他的四维透视将隐私视为交流。信息来自苍白。

在艺术家眼中,灵感如同鱼尸上浮海面,不同艺术表现形式不过一张张漏洞在不同部位的大网。将那些鱼打捞上岸后,神奇复活,变成了艺术品。

死而复生的鱼,白肚朝天,无畏嘲笑。

忽然,一个赤身裸体的老人从岩洞口跳了下来。白鬓在耳侧,他是艺术王国的逃犯。

那帮舞蹈家们对这样一位入侵者无动于衷。

老人举着一把冲锋枪,朝舞者们扫射。血光乍泄,触目惊心。

水母在水中看到光线染上血红,它并未想到水面上的杀戮,它只是

逃亡。可是岩洞里水域有限。于是它选择跳上岸，只得窒息而死。那是它
心中最完美最高雅的艺术之死。水母的灵魂是不带电的。

上善若水，艺术无涯。在艺术大海的岸上晒死的自杀者，绝不会是在
画作中透露婚外恋的凡人。

艺术不容瑕疵。人性不是表演，因为人生充满瑕疵。

雅是生存，俗是死亡。所以雅只是无限之俗的短暂权利。

异 性 恋

他：对于一些词，你的描述太过夸张。

她：不，我不这么认为。（稍停）你就是一个女人。我看出来了。

他：（以为自己知道答案）看出来什么？

她：你喜欢男的。这一点真容易看出来。（陌生地）我和你上床。

他：如果我是女人。

她：你就不会和我上床了，对吗。对于女人，你想得太过夸张。

他：（温柔地）不，不，我什么都没说。

她：不要承认。请不要。（停顿）你是一个犹太人。

他：这和我是个女人有关系吗？

她：不，我不知道。可是，我和你上床。我认为其他无关紧要。（寂
静）你听，时间。

他：我听不到。我只听到你。

她：这是在床上才能说出来的句子。是这样吗？

他：那是我说的。

她：如果你是一个犹太女子。你认为那重要吗？大师说，时间。

他：时间很重要。对于时间，怎样夸张都是应该的。

她：你说过我很美吗？

他：（仍在思考时间）那，是我说的。

她：（温柔而充满渴望）回答我的问题。

他：我认为，我说。不，我不是犹太人。不是女人。

她：你太夸张了。

他：有时候，我不知道。我听。就能听到时间了。能听到时间在你的身上。有时你就是时间。可是这些都不重要。

她：你太夸张了。

他：原谅我。（他凑近她的脸）你很美。我听到了你的问题。现在你在听吗？你在听时间还是在听我说。

她：我什么都不听。

他：这样太好了。你还记得那是几年前吗？我们在……

她：你并不想这么做，对吗。你的回忆总是太过夸张。

他：不，是的。现在我们在时间里。上一会儿，我在你的里面。

她：其他无关紧要。

他：是这样的。我们不要再谈论夸张的事情了。（停顿）你美得很夸张。

她：和夸张的事物比起来，时间总赢。

他：那是你。（停顿）我不是犹太人。但，有时我想。只是想你。或者想，若我是个犹太人。

她：犹太女人。

他：（紧接）我也会和你享用时间的。我也会的。我肯定。

她：你太夸张了。

他：我是的、是的。

她：看着我。你能看到什么?

他：你是一个犹太人。（充满感情）在黑暗中, 你的体温。

她：唉。只是犹太人, 时间, 和你。你们有什么关系?

他：仅此而已。（沉默许久）我肯定。

魔　　术

　　蒙面魔术师克里斯正在国会大厦下表演一场令人提心吊胆的魔术。

　　他将表演一种在大师国被严重禁止的魔术。

　　镜子穿越术。

　　克里斯带一张面具，苍白平滑，没有视洞，脸形被勾勒出假象。

　　他在国会大厦后方广场上，一袭黑袍。

　　警戒线将他围在一个圆形场地内，三百六十度任意透视。

　　那块双面镜矗立在场地中央。

　　克里斯说："魔术是一种行为艺术。它高雅，它肮脏。魔术之国藏在一块双面镜中，没有倒影，就没有真相。错觉是眼见为实。所以错觉就是真实。对于观众，魔术师是宽容的。若不崇拜，何来惊叹。接下来我将穿过这面镜子，这块双面镜，穿越魔术之国。在警察还未来之前，我将在你们颤抖的眼皮之下完成这场表演。当我被逮捕之后，我将无法再表演魔术。这将是我此生的最高成就。请睁开你们能看到真相的眼睛，注视我。"

　　一辆黑暗列车从谜一般的雾中驶过，天边传来乘客窃窃私语，铃铛声偶尔响起。

一群蝙蝠在攻击无家可归的猫头鹰。

一群蚂蚁在分解食蚁兽。

萤火虫突然开始嫌弃自己发出的光。

警笛声从国会大厦的广场之外传来，克里斯正在做准备动作。这令群众提心吊胆。

究竟他是否能在警察赶到之前完成这场违法的表演？究竟克里斯是否能顺利地穿过魔术之国？

能任意穿过一个国家疆土的，可以是巨人，可以是国王，也可以是平民。

魔术之国没有战争，因为看不到。

克里斯成功穿了那面镜子。

他双脚着地时，警察赶到了。他被警棍打晕，戴上头套，用手铐锁住双手。他在头套中沉闷着无边的黑暗。

他看到铁轨突然在悬崖边界处断裂，黑暗列车坠入瀑布中。

月光下什么声音也没有。

猫头鹰生命已逝。食蚁兽身上爬满了蚂蚁。萤火虫在燃烧。

就在警察压制克里斯穿越被剪断的警戒线，观众仍在惊叹魔术奇迹时，国会大厦突然发出一声巨响，轰然爆炸，将他们通通吞没在耀眼火光中。

但克里斯并没有死。他变成一只不会发光的萤火虫，在魔术之国森林的永恒黑夜中，残缺地和声，飞舞，飞舞。他没有遇上任何一只流浪的木耳，他也许在孤独中。

魔术之国在被侮辱后，迎来了彻底没灭。那崩溃之影，倒映镜中，却赢得了死亡的尊严。

超人的肠胃之光

　　超人从一片柚子林中醒来。

　　超市不理解艺术之美，疑惑于为何柚子没有流血。

　　他爬起来，身旁还熟睡着另一个穿紧身衣的男子，胸前的S变成了
卐。

　　他飞上天空。

　　下雪了。红色斗篷旖旎从风。

　　他低头看到雪地上躺着一群散落的弱狼。似乎一场风暴将这些弱狼
都卷上天，再丢下来，硬狠狠就这么被摔死了。以及两个正在互相搀扶着
行走的人，他们突然停止了残缓的脚步，分别取出了一支手枪。

　　超人认为用枪指着脑门是人类最优雅的动作了。

　　他向更远处飞去。

　　飞行了很长一段时间，地面尽是茫茫平原，白白惨惨。

　　他就飞上太空，在适当的距离观赏地球。

　　冲出大气层后，他在月球上稍作歇息。

　　不巧，他看到了一个裸体的飞碟正和一个裸体的金字塔状飞行器在
做爱。

于是他踮起脚尖逃开了。

他感觉肚子一阵剧痛。像是肠胃之间因为什么事情发生了争执，但没有入侵者这一点是可以肯定的，于是超人得出结论，肠胃之间发生了内讧。虽然他来自氪星，但他对自己身体内的器官发生内讧确实无能为力，于是他躲在一块岩石后坐了下来，捂着肚子。

"休息一下再拯救世界吧。至少现在你的肚子面临危机了。"

超人点点头。

肠胃之光爱上他的脆弱灵魂。可超人此刻宁愿砸碎了自己的灵魂，来换取肠胃的和平。至少他不希望自己提早牺牲。而对于此刻是否尚早，他没有定论。但他的诚意，似乎感动了肠胃，于是内讧停止了。疼痛感渐渐消失。

他重又飞上太空。

飞碟和金字塔状飞行器看到他从岩石后冒出来，突然一惊，赶紧转过身用衣物捂住了自己的裸体。

超人用余光看到他们惊慌失措，不禁偷笑了一下。

人　　质

绑匪走到雨果的跟前，对他说："你是这个世界上最幸运的人质。"

那是刚出生的雨果所遭遇的绑架。

但与一般的绑架不同，雨果主动让绑匪拐走。绑匪也同一般的歹徒不同，他是雨果的影子。他一生一世在光线下，都不离开雨果。

绑匪说："曾经有一个人叫屠夫，大家都这么叫他，但其实他并不是一个拿着菜刀的土匪。他只是有这么个特别的名字，不是绰号，那就是他的名字。他是这个世界上最善良的人。他的父母却是这个世界上最邪恶的人，他们不分高下，他们结婚。屠夫的名字来自水晶球的指示。那对夫妇的水晶球是这个世界上最邪恶的水晶球。但是屠夫并没有因为这个名字而带来任何困扰。"

雨果是初生婴儿，双眼还未来得及适应天光。只是无所谓而洪水般地哭着。他甚至还未尝到母乳的滋味。

绑匪继续说：

"你就是那个屠夫，亲爱的雨果。你的父母是那两个全世界最邪恶的人，因为他们将你带到人世。"

雨果的赤身上沾着血渍。出淤泥而不染之莲不存在，正如出子宫而未染血之婴不存在。

真理穿上了皇帝的新衣。

"你将从惨绿青年变成粉红小生,我亲爱的雨果。我是你的影子,我在你未清醒的时候就已经彻底地了解你。但令我疑惑的是,我并不了解你的爱情。"绑匪说。

雨果一出生就病了,那是因为他的影子太喋喋不休,可是除了遭到其他影子的鄙夷外,没有人会怀疑。他们看来,只是正常的发烧而已。

其实影子的喋喋不休对婴儿如此有害,各种病症赶招其来。

而当一个人老的时候,影子也跟着老了,影子不再喋喋不休,他甚至会感觉孤独。影子怀念他的人质在年轻时背着阳光踩着他取乐,他总是和朋友在一起,玩踩影子的游戏。那令影子觉得又痒又好笑。但即使影子再孤独,他还是幸福,甚至骄傲的。因为影子作为一名天生的绑匪,他伴随着他的人质度过纷乱的一生。最终他们都会在黑暗中长眠。

在无边黑暗中,绑匪和人质都会安静,他们谁也不会喋喋不休,谈论自由主义或是一个人海中的身影。

是的,他们都睡着了,他们都很安静。

他们曾经喧闹过的,曾经谈论过的,曾经为之兴奋,丧气的,那些过去的事。

他们都睡着了,他们都很安静,他们再也不会生病。

他们的命运都由大师来决定。

杰 克 与 露 丝

当兔娃娃经过一道曲折的流水线被生产出来时，她已经被打包好，被包装在一个爱心型玻璃薄膜的礼物盒里。

她逃离了工厂。

她说："这只兔子看起来是那么的脆弱。也许它的脑浆是奶油。"

他说："相信我艾米莉，脑浆是奶油的灰兔子的内心是绝对坚强的。这是个很好的礼物。"

于是兔子又幸运地逃离了超市。

"嘿，你叫什么？"声音从身后而来。

兔子站起来，别扭地用仅剩的一只手掩护着残肢的断裂处，伤口处一丝丝棉花，还有一个破裂的尖状海绵球。

在她眼前的是一只黑色的兔子，他只有一只眼睛，却闪闪发光。

"我没有名字。"兔子的声音软绵绵毫无力气，如同刚经历一场浩劫。的确，她的经历，足够形容为一场浩劫。

"我叫杰克，"黑色兔子主动伸出口，给她投来一个迷人的眼神，

"我曾经在主人家里看过一部电影，名字记不清了。一艘大船沉入海中。如果你没有名字的话，以后，我就叫你露丝吧。"

"露丝?"

"那就换一个。"

"不不。是突然有了名字，感觉奇妙。"说罢她笑笑。

杰克携着露丝走下垃圾堆。他们走了很长一段路。杰克对这里的地形非常熟悉。残破家电，服饰，废弃金属，残羹剩饭，散落废报纸，被丢弃的娃娃。如此等等是他们沿路的风景。

"我们要去哪儿呢?"露丝问。

杰克停下脚步，他们走到一块宽阔平地上，野草稀疏，夜虫鸣声，隐约听到城市喧闹。

他拉着露丝的手，腼腆地抬起头，对她说："我喜欢你。"

杰克拉过她的手，说："无论你少了一只胳膊，还是缺了一边耳朵，我都觉得你很美丽。我会对你好。现在，我找到你了，我们要逃离这个地方。"

露丝感到一阵茫然，她露出疑惑的神情。

随杰克转移的视线望去，露丝惊呼一声。

他们正站在一个高台的边缘。

城市流光溢彩。是露丝不曾见到过的美丽新世界。

杰克说："那里充满危险。我们不去那里。"

露丝说："我跟你走。"

杰克扶着露丝的肩膀，他们转过身。面前竖立着一面高大的镜子。

杰克说："曾经有一只鹿，它邀请我进去，可是我拒绝了。因为我说，我要等你，我会带着她一起进入镜中世界。"

他拉起露丝的手，说："时间不多了，我们走吧。"

杰克和露丝没有和这个世界告别。他们根本没有想到要跟这个世界说再见。

两人果断步入镜中，镜面仿似一潭水，随着两人消失的身影漾开一圈纹路。

杰克说："我爱你，露丝。"他用从电影里学来的语言。

半 个 宇 宙

明珠曾经梦到自己打碎了一块镜子。

但大师宽容了他。

那是半个（孤独而没有安全感的）宇宙，透过一面镜子，遇上了（同样心情极为灰淡的）另半个宇宙。

于是明珠转过头，看到一个正在写信的人，此人的各种属性不易判断。

明珠在房间中睡去时，此人并未存在。

而此人似乎是以人的形式存在的，并借助人的动作来加深这一点。

这个"鬼"令明珠眼前一亮。

暂且用第三人称为妙，他这么想着。

鬼在写信，他手上拿着钢笔，没有用电脑输入，可能鬼并不会使用电脑。一张手稿从书桌上飞落，明珠捡起来看，那上边竟是些蹊跷古怪的字符，解读困难。鬼像在描绘精细画，慢条斯理地进行艺术创作。

"你说半个宇宙能活多少岁？"鬼突然抬起头。

对不起。

对不起，我不懂。答案所在超越了我的想象力。

我只看到人海里的传奇都变成文字废墟，再沦为蒸汽。

我只明白那日我哭得上瘾，你却还在同天使共舞；如果我哭到窒息，你舞步还未停算不算残忍。

孤独的月台，等不到进站的列车。

那么多意中人，但从不和他们发生意外。

我只在思考我们创造的文明，璀璨，又摧残。

如果你在我身边，就能令我看清了那半黑暗的宇宙。

半个宇宙能活多少岁？我只知道我爱你胜过地球对太阳的虔诚。

什么比发育正常更好笑？

心花怒放。

这是梦。

所以我未接收到因打破镜子而该受到的惩罚。

大师在这里的恩赐，不过伪善。

大师说，你已经打破了象征小说艺术潜规则的古董花瓶，但敬请放心，花瓶非镜子所造。无论在现实，梦境，还是太空。打破它都不必接受惩罚。

那半颗宇宙。

"醒醒，你已经休息够了。"鬼说。

懸　疑

男孩从坦克上跳下来，他走进一个乱葬岗，遇上两个颓坐在地上的人。

穿着贵族服饰的男子抬起头来，"我是一个有失眠症的吸血鬼。"

穿着破烂西装的男子抬起头来，"我是一个失败的诗人。"

男孩在他们旁边坐下，说："没关系。我什么也不是，但我爱你们。"

黄昏时一切都慵懒而疲倦。女孩在家门前的地上发现了一块闪闪发光的糖果。这糖果被善良的糖纸包裹着。她甜蜜地露出一个微笑。望望四周无人，她缓慢地剥开了闪亮的糖纸。

怪兽递给我一个胸章。

一只狼和一只鹿隔着镜子在接吻。

不知是狼和鹿来自不同的世界，还是鹿在镜子中照见了自己狼的一面。

"送给你，做纪念。"怪兽说，"这是国徽。"他露出一个甜美笑容。

它和你一样，是大师作品。

（全文完）

- Maybe To Be Continued -

后 记

明珠、

有话可说，所以无话可说。

从二〇一一年一月二十九日凌晨到二月十二日，在近校的租房，十四段黑夜。

其间无所事事。

在我与我的记忆之间，有字为凭证，你的眼睛看不到。

这本书是一个标本。书写和出版都是一场意外。

其中观点：叙事法，科学观，世界观，让它们以原始的张口，代替表白之难。难以病发。

在你的安静和我的静默，之间，你的眼睛看不到。其实你不必要读，它的代价在字以外。

《大师作品》是一场动机不纯的游戏，它担心被遗忘，我将它藏起来，再也不说，像是我忘记便所有人忘记。后来有人说，它好。我赞同也是坏，为自己平反也是坏，无论如何，与坏无关。我便认为，我很幸运。

蝴蝶有风，天鹅有枪。

原来以为是个大片，现在看起来好像过家家。我怎可能恨我的玩具，但要放下。

暂时，感切，并不怀旧，而怪物温柔。拥有快感如此简单。

但，请停一下，言多必失。沉默是语言的一部分，缺少沉默则生命不完整。

并不那么急，但已经付出巨大代价。物质诞生必有消减。万物归零。

我的初衷是：和痛苦并没有关系，却与羞耻肌肤亲密。当我处于不同的境地，这本书就变成良心的回报。

出于一种遗忘的，粉碎的，悸动的欲望，才有大师说：你要走入镜中。从有雪的世界，走进另一个有雪的世界。

你一样冷，一样孤立无援。你是一棵身上积满雪的生命之树。

战争与和平，都是这个世界必要的营养。

别人对我说：你这样瘦，爱熬夜，眼睛有黑圈有袋而自己看不出来；从没见过你穿过三件衣服，和你的身子一样单薄；你看起来很冷。大可以轻一点，不必那么用力。

我只是没有规律，有烟但没有酒。有书但没有字。

我走出房间，就忘记要做什么。

生命将要沉潜，堕落下去，无可救留。最后什么也不会留下，连尘埃也没有。你失去你的眼，如黑暗失去形状。

越来越慢，即使在平静中亦无法忍受，平静的剧痛。

小心翼翼，回邮件时比自己写都更为小心。没有值得交谈的人，值得的人不必要听我说。

觉得轻时，就是自由。在死亡之前，人无法保持清醒。

只是生命本无重量。肉体难以承受生命的责任。

于是陷入：重复、轮回、可怖。当美梦无限循环，就是噩梦。没有逻辑，并时常毁灭。

世故是一懂得就要躲开，动物都逃不出时间，就要杀。而不是写。写而无字，不如杀。

要说的那么多，多么危险。

关于你：后来，我不再提及你的名字。从此往后，连杀：也只有我。我的眼睛从没有离开你的脸，就像我的眼睛长在你的脸上。是你的温柔给我的生命不断带来永恒。你说：自由，很重。从不，你听我慢慢细细地诅咒，在语言的死角，沉默崩坏。我说：是我怕你，我想要你，可我如此妒嫉你不爱我。我便想起致命。我们只有在生命的死角里恋爱。因为爱情并不延续。无法停止，无话可说，连诅咒也无法反抗。后记里没有你的名字，你的脸，你脱落的指甲，就没有你，我并不认识你如同我并不认识这篇小说。你如宇宙熵寂。在生命的死角，我们唯有沉默。

你在一个无人之境，我想要你，但请不要靠近。

我说：你惊；让我不哭，你说你正在记认，想起来你读过我的字；上帝并不教你做人；要狠：我推开；不必理睬。

在这个浮躁混乱，信仰失效，暴力，失眠的地球：有字，便是万幸。

2011-12-29

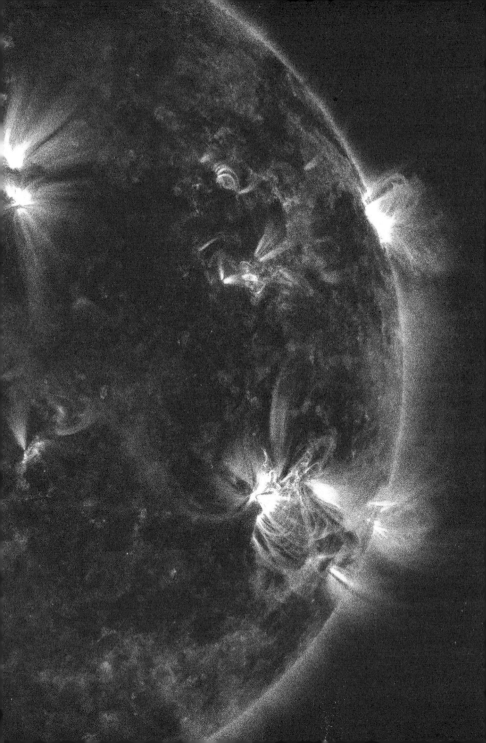

图书在版编目（CIP）数据

大师作品／明珠著.－上海：上海人民出版社，
2012

ISBN 978－7－208－10913－1

Ⅰ．①大…　Ⅱ．①明…　Ⅲ．①长篇小说-中国-当代
Ⅳ．①I247.5

中国版本图书馆 CIP 数据核字（2012）第 186420 号

世纪文睿出品

出 品 人　邵　敏
责任编辑　邵　敏　袁舒舒
封面装帧　陈春之＠candy1.cn

大师作品

明珠 著

世 纪 出 版 集 团
上海 人民出版社 出版
（200001　上海福建中路 193 号　www.ewen.cc）
世纪出版集团发行中心发行
启东市人民印刷有限公司印刷
开本 889×1194　1/32　印张 9　字数 210 千字
2012 年 9 月第 1 版　2012 年 9 月第 1 次印刷
ISBN 978－7－208－10913－1/I·1048
定价 29.00 元